JN118905

中武千佐子エッセイ集

幸せサプライズ

鉱脈社

目次

中武千佐子エッセイ集　幸せサプライズ

四、喜ぶべきことか——151

装幀　榊　あずさ

幸せサプライズ

一、お願い！やめて

ジュリー

令和元年夏、テレビで放映された「思い出のメロディ」のトップを飾ったのが、「空を飛ぶ、街が飛ぶ、雲を突きぬけ星になる」という歌い出しの「TOKIO」。歌うのは沢田研二ならぬ氷川きよしだった。

私は七十一歳になった沢田研二本人に歌ってほしかった。しかし、郷ひろみ、野口五郎などと違い、沢田研二はテレビ界から姿を消している。ただコンサートはあちこちで開催され、宮崎でも開かれる。私は宮崎公演に気付いた最初の年、嬉しくて七千円払って聴きに、いや見に行った。ステージ上で飛び跳ねる姿を見て、数十年前の私に戻っていた。

その当時の私は、テレビで見るということしかできなかった。が、L

Pレコードを買って、自宅で聴くこともした。ジャケットは、職場の机の後ろにあるロッカー奥の壁にピンでとめ、時々そこを開けては一人ニコッと、いやニヤリとなっていたのである。

最初のコンサートのときは、席は前から四列目ぐらいで、ステージに向かって右側だった。彼は、舞台の上を右へ左へと走り回り、飛び跳ねながら歌う。それで、すぐ目の前で見たり聴いたりできた。

ブルーの大きなゴミ袋のようなものを身につけて歌った折、そのビニールを少しずつ破ってステージから客席に向かって投げた。私は運よくそれを摑んだ。隣の人に奪われないように抱え込んだ。今となっては恥ずかしいが、そのときは「ヤッター」という心境だった。そしてそれはずいぶん長い間、私の貴重品入れに保管されていた。が今はもうない。いつの間にか捨てたらしい。

それから二年ほど経ったころだっただろうか。ある日、新聞を見ていると「沢田研二ショーへご招待」というのが目に留まった。よくよく見ると、往復はがきを出して、当たったら当日チケットと交換して入場できるというものだった。「ただし、座席指定はできません」とあった。「うそー、往復はがきの料金でショーの会場に入れるの。そりゃ申し込まない手はないよ」

私はすぐに往復はがきに規定事項を書いて投函したのだった。出さなきゃ当たらない、ダメ元だ。もしかすると……。そして数日後、当選のはがき。バンザーイである。一枚のはがきで二名まで入れる。七千円払って入る人もいる。私も最初はそうだった。

二〇一六年十月のライブも往復はがき申し込みで当たり、行くことができた。でも何名が当選したのかなどには興味なく、自分が選ばれたことで舞い上がっていた。

曲目は、タイガース時代の曲というのはほんの数曲だった。あとは、独立してからのもので知らない曲ばかり。でも腕を交互に突き上げたり、大きく両手を広げておいて拍手したりというのに乗って、一緒にやるのが好きだった。

そして、あの事件が起こった。二〇一八年「さいたまスーパーアリーナ」の公演をドタキャンしたというのだった。九千名の予定が七千名しか入らないと知り、公演を取りやめたと知った。

私は、詳しいことは分からないのに「なにそれ。そういう人だったの」と単純に思った。そして主催、共催の団体は大変だろうなあとも。

そして思い当たることがあった。それは、宮崎公演でも同じことが起こり得るということ。地方都市とはいえ、これぐらいは入ると予想するだろう。しかし、初めからそれは無理だと判断して無料招待者で席を埋めようとしているのだなということだ。

しかし、二〇一八年のドタキャンは、集客人数云々ではなく、会場での反原発署名運動の許可が下りなかったからとも言われているらしい。彼が反原発や戦争反対の歌を作ろうとしているのはそれとなく聞いていたが、事実はどうなのだろうか。

宮崎では毎回、県立芸術劇場の演劇ホールが会場だ。客席数は、一一一二席。それを満席にするのは困難だろう。なにしろジュリーのファンといえば、七十歳以上ではないだろうか。高齢化してくると、車の運転も苦になる。ましてや夜の公演となると尚更のことだ。いやこれは私の話だ。

今回「沢田研二ＬＩＶＥ　２０１９」と銘打ったチケットには、十七時開演、全席指定、八千円（税込み）と書かれていた。それが一枚の往復はがきの申し込みで運よく抽選で当たれば二人が聴きに行けるのだ。

二〇一八年の出来事で失望した私は、もういいかと思っていたが、想いとは裏腹に申し込んだ。そして……、友人一人を誘って会場へ。席は二階後部の右端だった。見廻すとほぼ満席。これでライブも実施なのか。主催者側は赤字だろうか等と要らぬ心配もした。

いよいよ開演。沢田研二が出てくる前に一階の前席五列ほどは既に立ち上がっている。ファンクラブの席なのだろうとも思った。若い人の姿も見える。その人たちは、終演まで立ちっぱなしだった。二階席最前列にいた一人の女性、そう若くは見えなかったが、立ち上がり身を乗り出すようにして両手を突き上げたり、横に広げたりしていて、私は、暫くステージ上じゃなくてそちらに目がいった。そして隣の席の友だちに、「怖いね、落ちんけりゃいいけど。後ろの人は迷惑じゃわー」と声をかけた。

曲目はほとんど知らない曲だ。そしてやっと。やっと、だ。「空を飛ぶ、街を飛ぶ、雲を突きぬけ星になる」と始まった。私の願望からそう聞こえたのかもしれないが、手拍子の音も大きく、動作もひときわ際立って見える。

「これこれ、このために来たのよ」と独り言を言いながら立ち上がらんばかりに動き、歌った。彼は一曲終わるごとに客席に向かって「ありがとう、サンキュー、ありがとねー」と必ず言う。

次回も満席になるかなあ。

平和台公園

私は、午前十一時から始まるコンサートを聴くために平和台公園に向かった。家を出た時刻は八時三十分。久しぶりに公園内を散策しようと思ったのだ。土曜日だったので通勤の車も少なく、予定より早く着きそうだ。

平和台下のバス停から左に道なりに走る。一瞬、臨時駐車場に停めようかと思ったが、いや上に行ってみよう、と右にカーブして公園すぐ側に登った。すると幸いなことに停めるスペースがあったので、慎重にバックで入れた。

やおらドアを開け、降りる。つば広(ひろ)の帽子をかぶり、サングラスをかけ、ショルダーバッグを身に着けた。パッと見、友人でも私と分からないかもとニヤリとする。

平和の塔を真正面にみる小路を上がった。青い蒼い真っ青な空、そこには白い雲。最近放映中のＮＨＫ連続テレビ小説「なつぞら」のタイトル画を思わせる。芝生の向こうには正面に「八紘一宇」とある塔。その台の斜面を彩るのは、丸く刈り込んだ緑の木、つつじかなと思った。その他、いろいろな花が咲いている。黄色や赤の葉鶏頭も見える。塔に上がる正面階段の両側には、家型埴輪がある。中央は砂利の道。

見ていると、そこに白い鳩が降りてくる。何かもらえないかと思っているようだが何ももらえず、クックークーと啼きながらウロウロしている。「なにもないよ」と言ったとき、「カアー」と啼き声がした。すると一斉に飛び去った。

私が腰かけていた木製ベンチは、木漏れ日を時折受けてはいるが、通り抜ける風が涼しい。本も携えていたが、青い空、白い雲、緑の芝生、白や黒の鳥、それらを見る楽しみの方が魅力的だった。コンサートは十一時からなのに、こんなに早く着くように来たのは、上天気の平和台周辺を満喫したかったのが大きい。

十時近く、観光客らしき中年の夫婦連れが見えた。タクシーで来たらしく、運転手が一緒だ。まず中央の踏み石のところで柏手をしている。「ここで手を叩くと、塔に反響してビーンと音がしますよ」と説明しているのだろう。

さらに進んだところに平和の塔の説明書きがある。夫は足でも悪いのかそこまでのようだ。妻は運転手とともに階段を登り、塔の周囲をぐるーっと一周してきた。きっと塔の四つの方向の神について説明を受けたのだろう。私の周囲を取り囲む木々からは夏真っ盛りを思わせる蟬の大合唱だ。

次に目に留まったのは、補虫網を持った男の子と父親らしき姿。他にも兄弟と父、娘と両親など数組があちこちで網を振り回している。

私は立ち上がり、そこを離れ、はにわ園に足を延ばした。ここに来るのは何年ぶりかなあと改めて見廻す。各種の埴輪が解説付きで並んでいる。順路の標識を見て進む。人影はない、と思ったら、三脚を構えて写真を撮ろうとしている高齢の男性がいた。屈みこむようにしてファインダーを覗いている。私は順路を外れて別の場所へ進んだ。

再び最初のベンチに戻った。左側の広場を見ると、まだ三歳にはなっていないだろうと思われる小さい男の子を連れた両親の姿があった。父親の手には直径十二、三センチほどの赤いボールがある。あ、転がしてあの子に拾わせ、遊ぶのかなと勝手に想像した。

ところがそうではなかった。夫が妻にボールを蹴る。追いかけてボールを拾った妻は、夫の方向に高く蹴り上げる。思ったところに届かなくても夫は走り込んで蹴り返したりしている。楽しそうだ。でも男の子は？　と見ると離れたところに立ち、固まったかのように一歩も動かず二人の方を見ている。泣いている様子はない。見守っている風景だ。でも見ていて、「放っといていいの、可哀想じゃない」と声かけしたくなった。とはいえ、はるか離れたところだ。

数分して、父親が男の子の方を振り向いた。すると、男の子は駆け寄っていき抱きついた。よかったね、と思わず声が出た。その後、親子三人で遊びそうな気配が見えたので、私は腕時計を見ながら、コーラス会場の方に移動した。そこには、少人数しか並べない、ステージと呼ぶには可哀想なほどの場所があった。周囲には土産物店、レストランの入った建物がある。さらに今日だけ特別に野菜を売っているところ、タピオカ入りのジュース、かき氷、焼きそばの出店などもあった。

私は、土産物店に入り、買うつもりもないのにそのあたりのものを手に取って見たりした。店の一角に郷土の本を置いているコーナーがあり、目に留まった一冊の本。それは、『みやざきの姓氏』だ。「中武」ってあるかなと目次を見たら嬉しいことにあった。

古舘伊知郎さん司会のNHKの番組「日本人のおなまえ」という姓を取り扱ったものがある。そのルーツをたどるのだが、私も自分の姓について知りたかった。図書館でそれらしきところを探したが、見つけられずにいた。そこでこの発見は嬉しかったので購入した。

ふと外に目をやると、先ほどボールで遊んでいた夫婦がいた。父親の腕に抱かれた男の子は、ニコニコしている。ジュースを買うためにそこにいたのだ。

私は、三歳にもならないような子どもを放っておいて夫婦が楽しんでいたその姿を見て、半分、えー？　半分、ほほえましい気持ちを持ったので、語りかけたくなり外へ出た。後ろの方から近づき、「さっき二人でボールを蹴り合っているのを見てたんですよ、楽しそうでしたね。お子さんは幾つですか」ときくと、抱いていた父親がふり返り「一歳四カ月です」と言った。絶句。両親から七、八メートル離れたところに、微動だにせず立っていた幼子は二歳にもなっていなかったのだ。複雑な思いのままそばを離れた。

いよいよコーラス開始の時刻だ。

恩師

　私にとって恩師というと、まず学級担任だった方々を思い出す。小中高大学まで入れると十六人ぐらいだろうか。ご存命でおられるのが四人だ。小二、小四、中一、中二の担任だ。特に小学校時代の先生つながりは、授業の全般に関わるので、深いし、懐かしい思い出も多い。

　小二、小三のときの玉利（現在は黒木）先生は女性で九十歳となられ、室内を歩くにも手押し車が必要だが、話し方も普通だし、お元気に見える。二年生の学芸会で、だんだん服を着てダンスをしたのが思い出に残り、自分史出版の折に書名を『だんだん服』にしたのだった。

　小四、小五の担任の田爪先生も九十歳を迎えられた男性だ。趣味でギターを弾かれ、年一回の宮崎市民芸術祭に出演される。私は先生にピアノの手ほどきを受け、教職に就いてからもそれが大いに役立ったのである。

このお二人には、現在でも年に一回ぐらいは会うことができている。担任ではなくても教科指導などで関わってくださった先生方は多い。中学時代に女子体育の指導をしてくださった齊藤先生に憧れて、私はそのあとを追いかけたといえよう。

私が教職を辞めた平成七年ごろ、自分史を書くということが流行っていた。文章を書く力は、語彙数も少なく、表現力に乏しいので自信がなかった。ただ自分史は、自分のことを時系列で綴ればいいんだという甘い考えで、「宮日出版編集実践講座」として設けられたところへ申し込んだのだった。

そこでの講師が、鶴ヶ野勉先生。高校の英語の先生だったと自己紹介があった。英語？　国語じゃないの？　と思ったのを覚えている。随筆や小説を出版されているのは、後で知ったのだった。

講座のまとめとして、教室生で『わだち』という一冊を出版した。その後私は、恐れ多くも自分史『だんだん服』を上梓した。文章を書く上で一人目の恩師である。

暫くして次は、MRTミックの教室として開設された文章教室に通うことにした。講師は宮崎日日新聞の論説委員であり、「くろしお」を担当されていた古垣隆雄先生。この先生とは「都城きりしま茶の間会」の文章教室でも会えていた。

都城の茶の間会は、以前先生が都城支局におられたときからの指導者のようだ。私も一時期、都城茶の間会の会員で、年一回発行の『さざんか』が私の作品の発表の場でもあり、編集に関わった年もある。

「茶の間会」というのは西都市にもあった。これらは宮崎日日新聞の「茶の間」欄に投稿する人たちの集まりであり、文章についての勉強をしたり、西都では作品集『まどい』を作ったりしていた。私は、自己の作品の発表の場を求め、また、講演会への参加や講師の指導を願って、両方の会員だった時期もあったのである。また西都では短歌会もでき、西都支局の外前田さんが指導されていた。

それぞれの会で友人ができ、今も文通をしたり、お互いの投稿作品が新聞に掲載されると、電話をかけあったりしている。

最後にあげる恩師は、イオンモール宮崎の講座「詩とエッセイ」で指導を受けた杉谷昭人先生である。杉谷先生は、高校の英語の教師だった方だ。「えっ、英語?」と鶴ヶ野先生のときと同じく国語じゃないんだと驚いた。どうしてだろうと思うが、尋ねたことはない。

講座は、自分の文章を講師に提出して添削されたものを教室の人数分コピーしていく。それを各人が読み上げ、先生が朱書きをされた部分の説明や、補足をされるのだ。もちろん講座生も意見を述べることができる。この講座は月に二回、したがって作品は年に二十四編となる。

私は、二〇〇六年から続けた。休んだこともあるが、作品は溜まっていった。そして先生の勧めもあり、二〇〇六年から二〇〇八年の作品の中から選んで初めてのエッセイ集、『風のとおり道』を出版した。二〇一四年のことだ。

作品を選んでいると、いたるところに朱が入り、自分の文の稚拙さを思い知らされた。さらに講座生の意見を聞きながら、視点を変えると、そういうふうにも書けるのかと思ったり、言葉の表現の多様さを学んだりしたものだ。

先生から朱書されたものは、漢字の間違い、送り仮名などから始まって、私の思い込みで使っている言葉などの訂正もあった。が、何よりも文章構成のまずさ、いわゆる起承転結が考えられていないことを指摘された。

先生に同じことを何度も言われ、ちっとも向上していないと思うことも度々(たびたび)で、ある日「先生すみません。ちっとも身についていませんで……」と言ったら、先生から「いや僕の指導法、言い方が悪いっちゃろね」という言葉が返ってきた。私は慌てて「違います違います、そんなことはありません。私の理解力不足です」と否定した。それ以来、愚痴はこぼしていない。

私は、文章力を少しでも身に付けたいと、本多勝一著『日本語の作文技術』、井上ひさし著『井上ひさしと１４１人の仲間たちの作文教室』を読み、さらに谷崎潤一郎、三島由紀夫、丸谷才一などの文章読本を手元に置き、少しずつ読んだ。しかし、だからといって文章がうまくなるわけでもない。分かっていながら何かに頼りたかったのだ。

教室で「原稿用紙一〇枚に挑戦してみて」と言われると、齋藤孝著『原稿用紙10枚を書く力』を買ってきた。付け焼刃もいいとこだねと笑われそうだ。

杉谷先生を呆れさせ、私は悩みながら十年以上が経っていった。途中一時辞めたこともあった。正式に辞めたのが二〇一九年三月だ。先生が体の調子を悪くされ、私のコーラスのパート練習が入ったりして講座に行けず、皆さんにしっかり挨拶もせずに辞めてしまったのだ。これは今でも心残りというか、申し訳なく、すっきりしない出来事である。

二〇一九年、四冊目のエッセイ集を出版することにした。前回から三年目だ。作品はそのままになっている。このまま残しておいても子どもたちの手により、捨てることになろう。それより稚拙な文でも私が過ごしてきた日常が綴ってあるので、残そうと決めたのだった。出版社に勤めておられる杉谷先生に目を通していただき、お手を煩わせている。

文章力のない私の指導をしてくださった三人の恩師に、感謝の気持ちを表したい。そのためには、作品募集に応募して、入選することもその一つなのだろうが、私にとっては高みにあり、なかなか届かない。「みやざき文学賞」にもチャレンジしてみるが、箸にも棒にもかからない。準佳作になったことはあるが、これは作品の掲載はなく、居住地と氏名のみが書かれた。

なかには、文章指導者に添削をしてもらい、応募する人がいると聞いたことがある。が、私は嫌なのだ。もしそれで入賞しても嬉しくないと思う。偉そうにと言われるかもしれないが、これが本音だ。

多くの恩師にいろいろな面でお世話になってきて、今の私がいるのだということだけは忘れない。

つながる命の陰に

三年ぶりに『夫へのラブレター』というタイトルのエッセイ集を上梓した。すると、書名について様々な反応があった。

「ほほえましい」「ご主人は幸せ」「ご主人が恥ずかしいじゃろ」等。なかには「『夫へのラブレター』？　生きてるうちはちょっと書きにくいなあ。私も夫が先に逝ったらひょっとして書きたくなるかもしれないけど」というのもあった。

自分史を含めて今回で六冊目だが、書名には毎回悩む。各エッセイの題名の中から選んだものがほとんどで、今回もそうである。

お盆の迎え火を焚く夜、私は、我が家に集まった家族の前で、「今からある文を読むから聞いて」と食卓の近くに立った。

そこにいたのは、夫と私、娘と孫娘、そしてその婚約者、息子夫婦と高校三年生の孫の八名。家族としては息子のところにもう一人孫娘がいるのだが、休みが取れずにそこにはいなかった。そして、やおら「夫へのラブレター」と読み始め、その文を読み終えた。そのとき、娘か息子かが「ごちそうさまー」と言い、拍手があった。

私は書名を決め、この文を最後に持ってきた。当初の編集では、二十四年間所属したコーラスグループを退団したことにしよう、と考えていた。最後のページに退団届が載るという手はずだった。しかし、何か味気ないというか、情けなさも感じたので入れ替えたのである。

九月下旬、届いた本を私は、スマートレターを使って友人、文章仲間、親戚に発送したり、近くにいる人には直接届けたりした。押しつけがましいかとも思ったが、読んでもらいたい、というそれだけでの配本だった。その中の一人が夫の姉である。

「夫へのラブレター」の中に、夫と結婚するときの経緯を書いた。私の父が中武家の長男で、私は一人っ子。だから嫁には行けず、相手の男性に婿養子として中武家に入ってもらわなければならなかったのだった。そのときのことを私の知る限りの範囲で書いていた。

そして義姉から、その当時の夫の両親の想い等を見たり聞いたりした様子が書かれた手紙が届いたのだ。私は、読みながら涙ぐんでしまった。そうだったんだ、そうだよねえと同感もした。そして、夫にも聞いてもらおうと読み始めたが、込み上げてくるものがあり、声が詰まり、途中で止まってしまった。「あなた、読めない。自分で読んで」と渡したのだった。

そして私が次に思ったのは、娘、息子、孫たちにこの手紙を読んでほしいということだった。こういう経緯、つながりがあって、自分の命があるのだということ、さらに結婚して数年経てば次の命へと継がれるということの意味、意義を伝えたいと願った。

お義姉さん、ありがとうございました。

『蜜蜂と遠雷』

これは、恩田陸の書名である。本は五〇八ページ、しかも二段構成だ。ピアノコンクールにいろいろな背景を持ったピアニストが登場する。そしてコンクールで弾く曲の選曲の経緯や、プログラムの組み方なども書かれている。その曲のことを知らないと書けないだろう。私は聞いたことのある曲でも曲名も知らないことが多い。と自慢してどうする、という話だが。

私の読書記録表によると、二〇一八年七月二十九日にこの本を読み終えている。当時私は、「宮崎はまゆうコーラス」というグループにいた。そして、そこのピアニストである井野典子さんに「読まれましたか?」と聞かれたのだった。

井野さんがこの本のことを知ったのは、長崎県合唱連盟のホームページの中にあった、〝理事長あいさつ〟の文だという。それは次のようなものである。引用させてもらう。

恩田陸氏の『蜜蜂と遠雷』という本は、音楽を愛する者にとって大事な言葉が山ほど出てきます。歌を歌う方はもちろんですが、ピアノを弾く方にとっても素晴らしい示唆に溢れた本だと思います。機会がありましたら是非読んでみられることをお勧めします。

これを読んで井野さんは興味を持ち、読んでみたいと思ったという。そして、私にこの本のことを知っているかと尋ねてこられたのだ。

私は、その本のことを知らなかったので書店で探した。しかし、その分厚さに驚き、高額だったので、古書店を覗いた。思うように安くはなっていない。しかし読みたいという気持ちから思い切って買って帰った。

そして、井野さんに、「今、何ページまで読みました」などとメールしながら進んだ。そのうちに多忙な井野さんも手にされたようだった。

二〇一九年十月、『蜜蜂と遠雷』が映画公開になり、イオンモールのセントラルシネマ宮崎にやって来た。それ以前にテレビで予告らしきものを見ていた。ピアニストを演じる俳優四人のうち、私は松坂桃李しか知らなかった。ピアノを弾く場面を見ながら、もともと弾けたのか、それとも今回練習したのか、と単純に疑問を持った。映画ではピアニストを生業とする人が吹き替えするのだろうと想像はできたのだが……。

私は、映画を観に行った。生まれも育ちも違う四人の目線でコンクールが描かれている。そして、映画を観たというより、演奏会に行ったというのが素直な感想だった。

「〇〇国際ピアノコンクール」という言葉はよく目や耳にする。しかし、私にとって実際の様子は白紙状態であった。だから一次から三次まで予選があることぐらいは分かっても、本選がオーケストラと一緒に演奏、というのは恥ずかしながら私の知識の中にはなかったのだ。

映画の中で、一人のピアニストがリハーサルのときに指揮者に自分の要求を伝える場面があった。「ルバート」と言った。私には意味不明だったが、とにかく指揮者に要望可能なのかと驚いた。彼が優勝するのだが……。

登場人物の一人、風間塵という十六歳の少年が本選に残る。童顔なのに、ピアノに向かうと、微笑みながらも強烈な弾き方で表現する。自分のピアノも持たず、養蜂業者の父と一緒にあちこち移動する生活をしている。ただピアニストで世界的に有名な人からの推薦状が審査員を驚かすのだ。

この少年の演奏も実際のピアニストが吹き替えしているのだろうが、ピアノの一番高音部の音を強いタッチで弾いたり、トレモロ演奏だったり、グリッサンドがあったり、素晴らしかった。素晴らしかったなどという、通り一遍の言葉で語るのは、失礼だとは思うが。技術的なことは素人にはよく分からない。とにもかくにも、音楽会の後の胸躍る感じ、そして余韻を楽しみながら家路に就いた。

次の日、私が始めたのは『蜜蜂と遠雷』をもう一度読み返すことだった。読みながら俳優の顔が浮かぶ。あ、この部分はあの画面に表されていると思い当たり、より身近なものになった。

井野さんに映画を観に行ったことを伝えた。すると、「Eテレの番組『ららクラシック』で栄伝亜夜を演じた人と吹き替えをしたピアニストが出てきましたよ」と話してくれた。

以前もこの番組のことでメールしあったことがあった。私が、「見逃して残念」と言う間もなく、「再放送がありますよ」という言葉が追いかけてきた。「え、ほんと！　ヤッター」と小さくガッツポーズを決めていた。私は、再放送のその日にテレビの前で前のめりになりながら見た。

本選に残る四人の登場人物の中で唯一の女性、栄伝亜夜の「ピアノ演奏」を担当したのは、河村尚子さんというピアニストで、数々のピアノコンクールで受賞した人だった。曲を録音するときに、栄伝亜夜を演じる俳優もその場で聴いたという。

第二次予選の演奏曲目の中に「春と修羅」という曲がある。このコンクールのための委嘱作品として出てくる。これは、この映画のために宮沢賢治の「春と修羅」を基に作曲されたもので、作曲を手がけたのが、同じ「ららクラシック」に出演していた藤倉大という日本の現代音楽の作曲家だった。彼は「原作者の世界観を再現する形で作曲した」と語っていた。が、詩を読んでも私には難解でお手上げだった。

その曲の中にカデンツァと呼ばれる部分がある。これは協奏曲やアリアなどで、独奏者または独唱者が、技巧を披露するために挿入される楽句だ。初めは演奏者による即興だったが、次第に作曲者自身が作曲するようになったと知った。

「春と修羅」では「自由に宇宙を感じて」と指示された即興の箇所が

ある。「即興」と指示があっても、クラシックの楽譜の場合、ほとんどの演奏家は過去の誰かが作ったものを弾く。藤倉さんによるとカデンツァの部分四人分、いわゆる四とおり作曲されたらしい。ピアニストを演じた人たちの、個性を表すような作曲がなされ、その人が即興で弾いているような気配が十分だった。

私は二回目を読み終わると、高揚感を持ったまま翌日、再び映画館に向かった。

お願い！　やめて

「今年もそろそろ原木を切らんといかん」と夫が夕食のときに話し始めた。そのために八メートルもある梯子を友人宅から借りてきた。それはさらに伸びる仕組みになっている。それに加えて、我が家にあった夫手作りの縄梯子を持っていくと言う。

そして、下にいるだけでいいから一緒に行ってくれと言ったのだ。万が一のときは救急車を、などと言う。それを聞いて私は怖くなった。

前回、原木を切るときは、倒す木にひもをかけるから我が家の敷地内に倒れるように引っ張ってほしいと言われ、息子とともに取り組んだ。しかし、思いのほか難しく、私は早めに綱を離したものの、息子は引っ張ったまま倒れる木の方に地面と平行な姿勢で飛んでいった。眼鏡は外れ、遥か彼方に。結果的に肩近くの筋肉剝離で通院治療をせねばならない事態となった。

今回、夫は「柿を取るときのように、下から『危ないから止めて、もういいが……』と言わんとぞ」と念押しをする。私は柿ちぎりのときでさえ、上を見上げ、「落ちないでね、無理しちゃだめよ」と言葉にし、心の中でも念じていた。

それなのに今度は高いところの枝を切り落としていくというのだ。私は、その木は栗畑の中とは聞いたものの、どの辺りにあるか思い当たらなかった。そしてそれから怖がりの私の想像、妄想が始まったのである。

もし落ちたらどうすればいいの？　救急車と夫は簡単に言うが、携帯での呼び方も知らない。「西都だから市街局番を入れて119かな」と言うと、「そんなバカな、ただの119だよ」。

夕食のときは平静を取り繕っていたが、心中は恐怖でいっぱい。仏前にご飯を供えるとき、いつもは定位置に置いて、手を合わせ、どうぞという感じに終わる。しかし今回は、座り、線香を焚き、「お父さん、お母さん、何事もなく無事に終わるように守ってください。お願いします」と言いながら手を合わせた。涙が出そうだった。

私があまり心配するからか、夫は寝る前になると、「いいわ、一人で行くわ。三十分ごとに生きちょるからと電話するから」と言い始めた。冗談じゃない。木に登っていて三十分おきに電話なんて余計危ない。私は、あいまいな返事をしておいた。

夫が二階に上がった後、私がまずしたことは、スマホで「携帯からの119番通報について」の検索だった。それによると、人工衛星のGPS機能で通報者の発信位置を確認して、自動的に消防指令センターに通知され、地図上におおよその位置情報を算出するのだ、とあった。ただ、電波状況で違う場所へつながることもあるので、落ち着いてしっかり会話するようにとも書かれていた。

万が一のとき、あの山の栗畑に上がってきてもらうのも大変だろうなどと考えがひろがる。そんな危険を抱えて原木を切る必要があるのか。今年切って来年種ゴマ打ちをして、椎茸の収穫ができるのはその次の年。自宅で収穫するものは、肉厚でコリコリしていて確かにおいしい。ただ買って食べてもそんなに高いものではない。

「やめてよ、あなた」

私は、一人リビングにいてうなだれてしまった。暫く思い悩んだが、明日、再び説得を試みようと床に就いた。悶々としながら寝返りを打っていたが、そのうちに眠りに就いたようだった。

翌朝、いつものとおり、私は夫より遅く起き出した。「おはよう」と声かけをすると、「おう、おはよう」と返ってきた。そしてそのあとに「あの木を切るのは止めるわ」と続いたのだ。

私は、夫に抱き着きたいぐらい嬉しかった。「ほんとね？　ありがとー、良かったあ。嬉しい」それ以外に出てくる言葉がなかった。

夫がその気になってくれたのを再び変えるようなことがあってはなら

ない。あえてそれ以上のことに触れずに、朝食の席に着いた。

その日の夫は、庭の日当たりのいいところにブルーシートを敷き、しめ縄づくりを始めた。玄関用が実家を含めて四軒分、その他、氏神様のものである。

「なかなかいいじゃない」

私は精いっぱいの褒め言葉をかけた。

スクラッチアート

二十四年間続けてきた趣味の世界を離れたとき、さて次は何を始めようかと思った。興味があり、続けられそうなものは何だろう。

以前、友人が「大人の塗り絵」の話をしたことがある。そのとき、塗り絵かあと思った。絵を描くのに苦手意識のある私だが、描いてあるものに色を塗るのはできそうだ。

そのほかに写経はどうかと考えて、奈良の薬師寺に行ったときに、伽藍復興の一助にもなると言われ、写経用紙を買って帰った。しかし、これもそのままになっている。

絵より字の方がいいと思って、半紙に我が家の仏壇にあった修証義を書写しようかとも思った。しかし、これもまた意味も分からず書写するのも……と、そのまま過ぎた。

そして今、嵌まっているのが「スクラッチアート」なるものである。縦16・5×横11・5センチ、官製はがきよりやや大きめの用紙に前もって絵が描いてあり、指定された色の部分を先の尖ったペンで削っていく。つまりスクラッチしていくのだ。

私は、ワクワクしながら削っていった。下からどんな色が出てくるか楽しみだ。木の葉だから緑だろうと思ってスクラッチすると、濃淡があったり、先端部分は違う色が出てきたりするのだ。蝶だからこの色という固定概念は見事に覆されたりもする。

私が買ったものは、一箱に八枚入っていたが、その中に「色とりどりに輝くホログラム」というのがある。手に取り傾けると、金色だったり銀色になったり、もともとの色にキラキラと輝く色が加わるのだ。

楽しくて次々に完成させていった。とはいうものの細かな作業なので、老眼の身に夜は辛い。昼間もある程度の時間を決めて取り組んだ。削りカスは一カ所に集めておいて、掃除機で吸い取る。

削るときには、付属として付いてきた赤いスクラッチペンなるものを使っていたのだが、細いところを削るのに、先がやや太くて困った。そのとき、スクラッチアートのことを教えてくれた人からの「爪楊枝でもいいですよ」の一言を思い出し早速やってみると、確かに先が尖っているので、削る線からはみ出すことが少なくなり、うまくできる。ただ短いので操作しづらい面もあった。

私は、スクラッチペンや爪楊枝をその場に合わせて使い分けた。そして、半分できたものを地区公民館の高齢者の集まるルームに持って行き、紹介した。

それを見た友人は、「ワアきれいですね。こんなのがあるんだ、素敵」と言った。やり方も尋ねられたのでペンと爪楊枝の話をしたら、その場にいた一人が、「串焼き用の串はどうやろか、長さもあるし」と言った。

「ほんとだ。爪楊枝よりやりやすいよね」。

私は、帰るとすぐ串を使ってやってみた。すごく使いやすい。先も尖っている。今やスクラッチペンより、串の方が使いやすいのだ。削るペンを使い分けて、ますます楽しくなり、完成品が増えていった。

さて、その作品はどこに飾ろう。私は、一〇〇円ショップに行き額縁を買った。そして、玄関の靴箱の上に置いた。自画自賛だが、華やかでなかなかいい。そしておせっかいなことに友だちに、一部分だけスクラッチして「他のところを串焼き用の串で大丈夫だから削ってみて」とプレゼントしている。

ある日、思い付いた。孫娘へプレゼントしよう。早速福岡と横浜に送った。数日後、博多の孫娘よりＬＩＮＥが入った。飾ってある写真とともに「素敵な贈り物ありがとう♡　早速飾りました！　昼は光が当たってめっちゃ綺麗！」とあった。そしてさらに「仕事から疲れて帰って来たら届いてて元気出たよ」と嬉しい言葉が続いていた。

私の楽しみで始めたスクラッチアートが自分の楽しみと同時に誰かを

喜ばせるものになれば嬉しいし、幸せだ。次回はＡ４判など大きなものにも挑戦したい。

最後になったが、このスクラッチアートを紹介してくれた井野典子さんに心から感謝している。

「中武」という姓氏

ＮＨＫのテレビ番組に「日本人のおなまえ」という番組があり、ネーミングバラエティーと呼ばれている。司会は古舘伊知郎。

日本人の名前をいくつか選び、そのルーツを探していくもので、興味深く見てきた。暫く経つと、自分の姓について興味が湧いてきた。番組では、取り上げられた名字が日本の中でどのくらいの数あるのかというのも調査して発表する。

全国規模でなく、宮崎県ではどんな名字が多いのかと思い始めた。そして図書館で、それらしき本を探した。が、見つからない。

そんなある日、平和台公園そばの土産物屋さんを覗いたとき、一冊の文庫本が目に留まった。『みやざきの姓氏』（石川恒太郎著）というものだ。

まず自分の名字「中武」があるか、目次を探した。そして見つけたのだ。もちろん早速購入である。読みたいような、それでいて事実を知るのが怖いような。暫く机の上に置いたままであった。

最近の同番組で、見ながら涙が出るほど笑った名前があった。それは、

① 田畑耕作　農業試験場長をされた人。

② 筑波　大　筑波大学出身ということでも笑ったが、ホテルで宿泊のとき、名前を書くように言われ、筑波大と書くと「大学名じゃなく、お名前を」と言われるという。これが笑わずにおられようか。

③ 結束　好　この人は海上保安庁勤務だ。

さらにフルネームだとダジャレみたいな人として次の三人が取材を受けていた。

- 本間かよ　ほんまかよ？　と問いかけられそうだ。旧姓は林かよ。
- 会　愛「あいあいあいあい、お猿さんだよ」と続けたくなる。
- 砂糖敏夫　砂糖と塩

さてここで本筋に戻し、『みやざきの姓氏』に載せられていた「中武氏」の初めの部分を引用する。

中武姓は、県内に多い。特に西都市から西米良村、宮崎市にかけての県の中央部に多い姓であるが、県外ではあまり見られない。
中武の姓の由来については、米良の菊池氏の重朝という人に二人の男子があり、兄は武運、弟は重房と言った。この重房は甲斐彦次郎と称し、この人から甲斐氏や中武氏が分かれたと伝えられている。

分かりやすくするために次ページに図示してみよう。著者の説明も併せて付す。
説明されている文章を読んだ。が、理解できない言葉もあり、解説してもらいたいと痛切に思った。

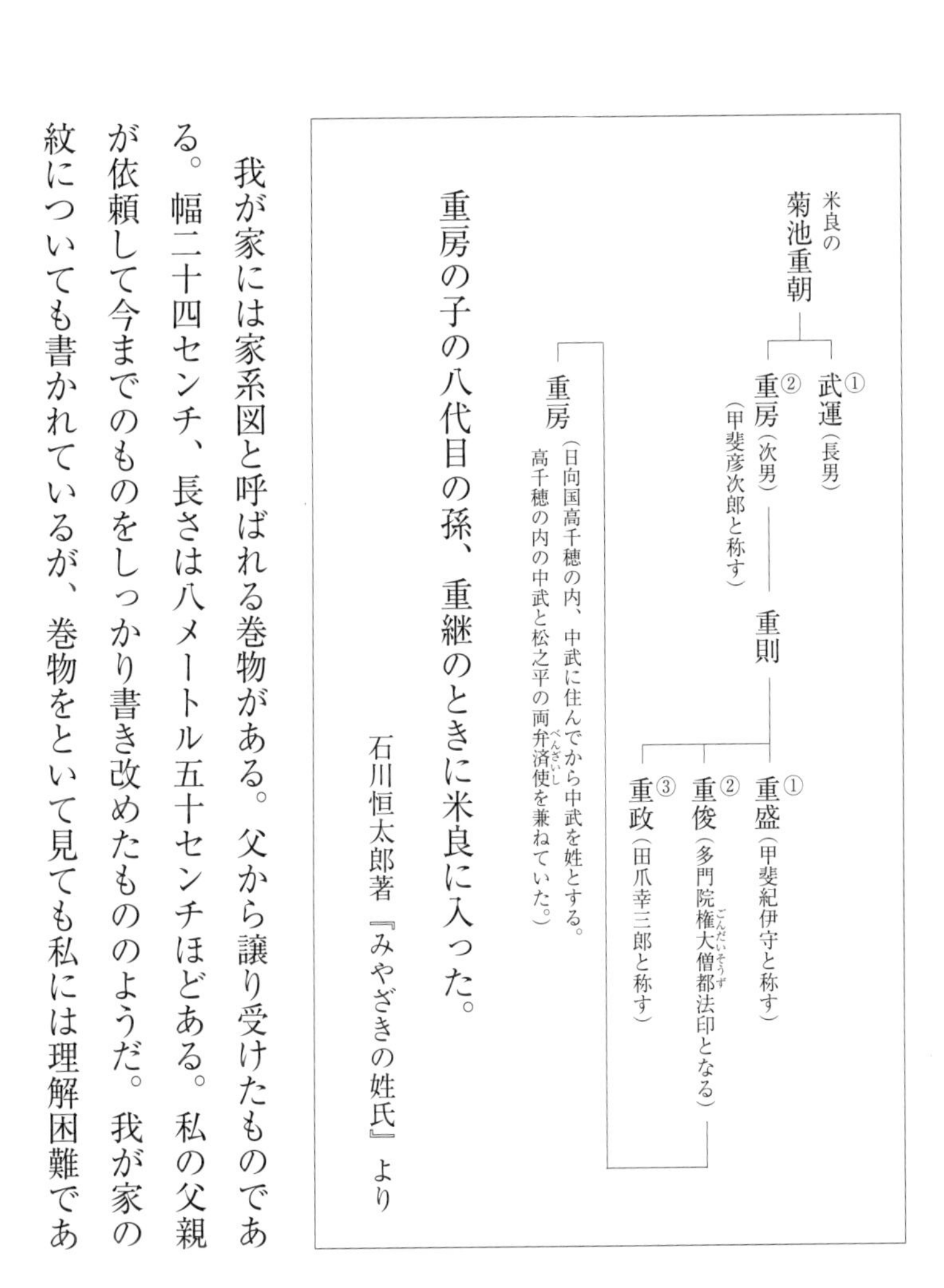

我が家には家系図と呼ばれる巻物がある。父から譲り受けたものである。幅二十四センチ、長さは八メートル五十センチほどある。私の父親が依頼して今までのものをしっかり書き改めたもののようだ。我が家の紋についても書かれているが、巻物をといて見ても私には理解困難であ

る。

「中武」についてわずかしか分からなかったが、次世代に譲ろう。

二、雀の食事

ゴーヤ

いつから私自身、ゴーヤと言い始めたのだろうか。以前はニガゴリが普通で、私の出身地付近の主婦はゴリと言っていたと記憶する。ニガウリという人もいたようだ。今、携帯電話のネットで見たら、「ニガゴリとはゴーヤのことである」とあった。

さて今年、我が家の畑で沢山のゴーヤが収穫できた。夫は昨年から、グリーンカーテンのような作り方ではなく、ビニルパイプで横幅一・一メートル、奥行き六メートル、高さ一・八メートルのトンネルを作っている。次に、それを覆うようにネットを張り、左右に植え付けた。その後、照り付ける真夏の太陽の下、ネットいっぱいに広がった蔓の左右、そして上からゴーヤが顔をのぞかせている。今まではご近所や趣味で続けていたコーラス仲間に「もらって」と運んでいた。しかし、私がコーラスを辞めた今年ははけ口を探すのが大変だった。

ゴーヤは苦瓜の名前のとおり苦い。そこがおいしいのだが、はなからダメという人もいる。夫もその口だ。したがって家でいろいろ作っても私しか食べない。私は、今年ほどゴーヤを食べた年はない。佃煮、サラダ、漬物が主である。佃煮は五〇〇グラムずつ六回も作った。

サラダは友人からレシピを教えてもらい、食べてから嵌まった。ゴーヤを縦半分に切って中綿を出し、半月形に切る。それを軽く湯がき絞って、ツナ缶のツナと一緒にマヨネーズで和える。私は明太マヨネーズを使う。

漬物は味噌漬けだ。御飯茶碗の前に三品が並ぶ。ゴーヤ尽くしで異状に見えるかも、と思いながらも、おいしいからいいの、と自己納得して食べ続けた。

今はネット検索をすると、ゴーヤのレシピがたくさん載っている。それらを試す人もいるだろう。以前はチャンプルーの素を買ってきて作ることが多かった。娘におすそ分けもした。息子と嫁は苦手なので口には入らない。佃煮は苦みより甘みがうんと多いので、「食べてみてん」と夫に勧めるも、苦手だという思い込みのせいか手が付かない。

ゴーヤの色は普通、黄緑もしくは緑である。が、今年は白いものも収穫することができた。その大きさを計ってみると、長さ二十四センチ、一番太いところの周囲は二十四センチ、重さは三百五十九グラムあった。

昨年は計ったことはない。それより早く台所から、いや目の前から消したいので、数本ずつコーラス仲間に運んだものだ。一度はゴーヤの入ったバッグをしっかり持って、肝心のコーラスの楽譜の入った鞄を家に忘れるという失態をやらかしたのだった。そして、素知らぬ顔をして鞄を取りに帰った。

ゴーヤにまつわる笑える話だった。

雀の食事

午前六時、起き出した私は、一階に降りた。夫は私より早起きだ。そして味噌汁づくりの準備をしていたりするのだが、その朝は南側のガラス戸の近くにある椅子に寝そべっていた。そして、私に右手を上げ指先で手招きする。私は何事かと傍らに寄っていった。

ガラス戸の半分はレースのカーテンが引かれたままだ。すると、開いている方を指さし、外を見るように促す。そおっと首をのばして見ると、玄関の側の高さ四十センチほどのブロックのところに二羽の雀の姿があった。置かれている餌をついばんでいたのだ。

実は最初に餌をやったのは私だ。ある夕方、米びつから米を量って釜に入れるときに不手際でこぼれたのだ。それを捨てるのはもったいないので、翌朝、玄関先のところに少し置いた。

庭先に雀が来るのは知っていた。特に夫が庭の芝刈りをした日などは、芝の間をついばむのを見ていた。餌になるような何があるかは知らない。でも米粒を芝に撒くのはよくない。そこでブロックの上に置いたのだ。

すると、一羽、二羽、三羽とやって来た。一緒についばむのではない。多くて三羽。だから覗き見する方は驚かさぬようにほとんど動かずに眺める。途中、二羽が庭先のイペーの枝に隠れるように飛び去った。すると別の場所から一羽がやって来て、キョロキョロしながらではあるが食べていった。飛び去っている間に私たちも朝の食事をする。そしてまたチラッと覗きに行く。そのうちに餌がなくなる。近くの電線や、屋根の雨どいの上に止まって「チュンチュン」と鳴いている。が、「もう今日はおしま〜い」と言って済ます。

こぼした米がそろそろ底をつくなあと思っていたある朝、庭のブロックの方を覗くと何やら黄色い粒粒らしきものが乗っている。「あれなに?」と聞くと「玄関の靴箱の上を見てみろ」と夫。直ぐに行くと「アワ玉」と書かれた袋があった。説明として、「インコ類、文鳥、十姉妹、その他小鳥全般」と書いてある。さらに「天然はちみつ、卵、クロレラを添加した『栄養補助食品』です」とあり、私は、思わず噴き出しそうになった。それ以来、米粒がなくなってもアワ玉が餌として乗せてある。

自然にいる鳥に餌をやってはいけないことを知らないわけではない。餌付けして捉えようなどという気は毛頭ない。「食べて」「おいしかった?」と一日の励みになればいいと思っている。

最近はヒヨドリの鳴き声もする。アワ玉を食べている雀を上から見下ろしている。私も欲しいと言っているのかもしれない。

夫はその後、近くの量販店から小鳥の主食と書かれた一・五キログラム入りの餌を買ってきた。そして朝だけだった餌やりが夕方にも行われるようになった。

朝起きるとカーテンを開け、外を眺める。

日の出の時刻が遅くなり、まだうす暗い。夫は、「まだ来ちょらんわ。でも生け垣の中や金木犀、イペーのどこかにいて待っちょるはず」と独り言をいいながら台所に立つ。雀も養うのだが、朝は味噌汁を作って私を養ってくれるのだ。

先日「おい、ちょっとちょっと」と小声で言いながら手招きする。「なに?」とカーテンの隙間から覗くと、生け垣の上にほぼ等間隔に五羽の雀がこちらを見て並んで止まっていた。「チュウ公が『まだかなあ』って言いよるが」と、いつものように勝手に言葉を発している。チュウ公だったりチュウタローだったりする。雌はいないの? と意地悪く言いたいのをやっと我慢する。

五羽は多い。夫が餌をブロックの上に一直線に置く間、一時そこを離れ、生け垣の中に入り込んだりしている。夫が家の中に戻ってくると、待ってましたとばかりに五羽の雀が所狭しと止まり、食べ始める。ただし、優先順位があるらしく、下の花壇の中に落ちてくるおこぼれをついばむため、飛び降りるのもいたりする。

今朝も「もう今日はおしま〜い」夫の声がした。私たちも朝ごはんにしましょう。朝のささやかな楽しみの一こまが終わった。

現状維持

私は日頃、健康のために特別に続けていることがない。一時期近所を歩いたり、ルームランナーを使って毎日三十分歩くように心がけたりしたことはある。しかし、月謝を払い、誰かに指導してもらって体を鍛えるというのは、ほんの一時期プールに通ったことがあるだけだ。泳ぐというより水中ウォーキングというやつだ。ところが、手で水をかきながら歩いていたためか、塩素に負けたのか手のひら、指先の皮がむけ始めた。それでやめた。

それ以来、健康維持のためにやっていることがないのだ。そこで本格的に何か探してやりたいと思うようになった。友人の一人が、真向体操、ストレッチ、健康体操、フォークダンスなどで体を鍛えていると聞いた。

それぞれ月に二回、火、水、金曜日に通っていると言う。

私は近くの施設に見学に出向いた。あまり広くない部屋の中に健康器具が並び、会員の方が腕を突き上げたり、ひざを開いたり閉じたりしていた。一定時間が過ぎると合図があり、次の器具に移動する。一巡りすると、簡単な体操をして終わり。自由に参加できるが、会費が結構高く、土、日曜日は休みだという。これは駄目だ。

街中にある「ストレッチ教室」を見学させてもらおうと出かけ、受付で聞くと、キャンセル待ちが十三人と言われた。見学したって仕方がないかと思ったが、指導者に「どうぞ参加してみてください」と声をかけられ、中に入った。内容的にはさほど運動量はない。もう少し負荷のかかることをやりたいと思っていたこともあり、キャンセル待ちが多いことを理由にそこもやめた。

私は、居住地の高齢者クラブの会員である。名称は「さんさんクラブ」。地区公民館の中に誰もが訪れることのできる「ふれあいルーム」

というのがある。ボランティアの当番スタッフがおられて、部屋に入るとお茶を出してくださる。そして、いろいろなことをきっかけに話が始まる。

その場所で、猫好きということで仲良くなった方がいる。原田さんだ。ルームでは月に二回ＤＶＤの鑑賞会があり、月に一回は昭和歌謡を聞く会というのが開かれる。青春時代を思い出せる時間だ。私は、都合がつく限り出会して楽しませてもらっている。

そして、私が何か体を鍛えることを探している、と話して勧められたのがトランポリンだ。トランポリンと聞いて想像したのは体操競技としてテレビで見ることのあるアレだった。四・五メートル×二・七メートルで高さが一メートル。そこで前方宙返りやバック転などをやるのだ。「アレを使ってどうするのだろう」と疑問を持ったので、さらに質問すると、意外な答えが返ってきた。「一人用の円形トランポリンで握るところも付いてるのよ。見学に来てみて」

私は、すぐにケータイで検索。すると、同型のものが販売されている。「次はいつあるの?」と聞いて九月七日、見学に行った。

準備運動は「お魚くわえたどら猫……」とサザエさんの曲に乗って始まった。そのあと、難易度が順に四段階あがる動きをする。一度に六人がトランポリンに乗り、指導者のかけ声に合わせて進めていくのだ。例えば飛びながら足を上げるのだが、「前、前、横、横、斜め、斜め、一、二、三、四」といった具合だ。これはジャンプしながら、脚を前、横、斜めに右左と上げていくものだ。転倒を防ぐために、周囲にある支えの部分を軽く握って行う。

順番を待っている次のグループの人たちは、指導者の「一、二」の発声の後に「三、四」と声を出し、拍手で合わせる。以前からやっている人たちは、笑顔で時折話しながらの進行である。私はまだ二、三人しか顔なじみはいなかったが、その人たちが優しく親切に声かけしてくれるし、指導者も初めての私のことを気にかけ、目線が届き、嬉しく楽しかった。

帰って夫に「私、トランポリン始めるわ」と言うと、昔体操競技にかかわっていた彼は「なんて？　トランポリン？」私がその言葉を聞いたときと同じ器具、場面を思い浮かべたらしい。詳しく話をして九月末入会、毎週楽しみにしている。とはいうものの、まだまだ体幹というか、身体がついていけない。でも楽しみながら上達したいと願っている。

さらにもう一つ通い始めた身体鍛えがある。これは友人が以前からやっているものを紹介され、一緒に見学・体験に行き、入会した。それが健康体操というもので九月二十七日のことだった。立て続けに始めたことになる。トランポリンは毎週土曜日、体操は月二回金曜日だ。したがって、月に二回は金、土と続く日が来るのだ。

健康体操は、ヨガマット、ボール、お手玉、幅広のゴム、健康足踏み器などを次々に使って、関節、体幹を鍛えるものだ。時間は二時間。緩急ありの内容だが、思っていた以上に体が硬く、指示されたことを試しながら、こんなはずじゃないのに、と思うことが多かった。

友人は私が一時期、中学校の体育教師をしていたことを知っているので、「昔取った杵柄（きねづか）でしょ」と言うが、どうしてどうして。「先生に言わないでよ」という始末だった。体育教師をしていたのは大昔の話。二十二歳～二十五歳、三十一歳～三十四歳のころだった。しかも学生時代に何かスポーツをしていたわけじゃない。が、自分は実践できなくても指導はしたものだ。

今、必死で指導についていこうとしている八十歳の私がいる。

しかし、その後コロナ禍で全部中止の状況である。

令和二年の初詣

一月三日、朝八時、初詣に夫と出かけた。以前は三社巡りをしたこともあったのだが、昨年はどこにもお参りせず、テレビで明治神宮、宮崎神宮の様子を見るにとどまった。

今年の初詣は宮崎天満宮。菅原道真公ゆかりの神社だ。手を合わせてお願いしたいことがあった。それは高校三年生の孫の受験合格祈願である。

軽トラックで行ったのだが、駐車場入り口がまだ開いていなかった。別の場所に回り、停めることができた。もちろん神社はお参りできる。私は大きな鳥居のあるところから登りたかったので、下の道路まで一旦降りた。そこから見上げると、「天満宮」と中央に掲げられた大鳥居と蒼い布を広げたような空が見えた。スマホを構えてパチリ。

　改めて社殿へ向かって階段を登る。上で待っていた夫と一緒に鈴を鳴らし、手を合わせた。孫のことをお願いし、深く頭を下げた。社殿の右側にお守りを扱っている場所があり、さらに庭の右側におみくじを入れた箱が二つ置いてあった。私は、お守りより先にそちらの方に向かい、切り口に百円を入れ、すぐ横の直径十五センチほどの穴に手を入れた。中には多くのおみくじが入っている。ややかき混ぜるようにして一枚を取り出した。開くのはあとだ。

　受験合格祈願のお守りを手に取った。さらに鉛筆を一本。神社の人に差し出すと、「勝ち栗を入れておきます」と言われて、三つの品の入った袋を渡された。

　そこを離れて、鳥居から上がった広い場所に戻り、やおらおみくじを開こうとした。ところがところが、入れたはずの場所に見当たらない。焦って中の物を出して見るが……。

夫が言った。「もう一回行って来いよ」。私は、再び同じところを通り、今度は左側の箱の中から一つを選んだ。夫の待つところに戻り、祈るような気持ちで開くと……。

大吉だった。「ときくれば枯木とみえしやまかげの　さくらも花のさきにおいつつ」とあった。気になるのは病気だが、「気遣いなし　信神せよ」。安堵して帰途に就いた。

帰ってからも、買ったはずのおみくじが気になる。財布の中のカードを入れるところなどあちこち手を入れると、千円札の間にあった。「ここにあった」と夫に言った。夫はうすら笑いだ。が、その後、迷った。開くか、そのままにしておくか。大吉二枚となれば嬉しいが、保証はない。一方、凶だったりしたら。

夕方までそのまま財布に入れておいたもののやっぱり気になる。結局誘惑に負けて、運勢の見えるところまでを開くと、そこにはなんと大吉の文字があった。万歳だ。そして「渦を巻く谷の小川の丸木橋　渡る夕べの心地するかな」と読めた。

今回、おみくじを二回引いて、両方とも大吉だったことを受けて知ったことがある。それは同じ大吉でも初めの文言が異なるのだ。そんなことも知らなかったの、と言われるかもしれないが、これが私の事実だ。開ける前に、御神籤というところに第十八番、第二十七番と書かれている。番号が違っていたので内容的にも異なるのだろう。「運勢・大吉」の下に次のような項目がある。

願望・待人・失物・旅行・商売・学問・相場
争事・恋愛・転居・出産・病気・縁談。

細かく目を通すと、一つの項目だけ言葉が全く同じだった。それは学問――「安心して勉学せよ」。両方とも近いのが転居で「さわがぬがよし」と「さわがぬ方がよし」であった。

逆に、表現が全く逆の項目が二つあった。それは待人。「遅いが来る」と「さわりあり、来たらず」。もう一つは相場。「荒れる、今は待て」と

「売れ、大利益あり」。

今年たまたま二つのおみくじが大吉だったので見比べて、このように書きだしたが、内心、罰が当たるのではないか、と不安に思う。

私としては、都合よくいい方を信じようという気は全くない。後から引いた方が、私の今年の運勢だと思っている。ただ、学問の項目が両方同じだったことを喜び、信じて進もうと誓った。

そして、この大吉二枚の運勢のパワーが全て孫に向かうことを願いながら、おみくじを大事に折りたたみ、先に引いたおみくじは仏壇に預かってもらい、一枚はいつものようにお財布の中に収めたのだった。

干し柿

我が家の食卓には、小さな竹かごの中に六個ほどの干し柿が入っている。つまんでみると硬いものがあり、もみもみしてもなかなか軟らかにならない。しかし甘い。

十月下旬、「吊るし柿用の柿をちぎりにいくぞ」と言われ、軽トラックに乗り七時半過ぎに家を出た。途中の相生橋は渋滞、数回の信号待ちをしてやっと通過。西都の実家に着いたのは、九時前だった。

夫は、前日に準備しておいた道具を載せて、上の畑に。一番奥に七、八メートルはあろうかという柿の木が見える。名前も種類も知らない渋柿だが、数年前にも吊るし柿用として収穫したことがある。今年は相当の実が付いている。木のそばにいくと、まず脚立を伸ばして梯子にし、最上段まで登る。梯子を木に縛り付け、自分は命綱と呼ばれるものを腰に着け、木の股に巻き、そこを立ち位置にする。そして、木に立てかけてあった三・五メートルぐらいの竹竿を指さし「取ってくれ」と言うので、下からほぼ垂直にずり上げて渡す。

竹竿は前日に切り、枝葉を落とし、先の方を割って紐で止め、そこに柿のなり口の枝を挟んでひねって取るという仕組みのものなのだ。夫が命綱を着けているとはいうものの、下から眺めている私は、落ちた柿を拾い集めながら「もういいんじゃない？」「気をつけてよ」「無理しないで！」と思いのままを言葉にする。いろいろ言いすぎるので、夫からは「一人で来た方がよかった」などと嫌味を言われたりする。

夫の指示に従い、落とされた柿を籠に入れる。彼が納得する量、六十個ほどが取れ、命綱を外し、降り始めた。私は、自分も含めて誰かが高いところに登って用を済ませ降り始めると、必ず『徒然草』の一〇九段を思い出す。

高名の木のぼりといひしおのこ、人をおきてて高き木にのぼせて梢を切らせしに、いとあやふく見えしほどはいふ事もなくて、おるる時に軒長ばかりになりて、「あやまちすな、心しておりよ」と言葉かけ侍りしを……

という話だ。もう大丈夫と油断してはならないということである。まさにそのとおりだ。夫が、あと数段で地面に着くというときまで、「気をつけてね」と声が出てしまう。その後、無事に片付けて、十一時前に帰路に就いた。

翌日、夫は柿の皮むきを始めた。ピーラーと呼ばれる便利な道具があっても、果物ナイフを使っていた。生り口の方は紐を付けるので枝を少し残して切ってある。ただし、落ちたときにその部分が取れてしまったものがある。それはあとで、爪楊枝を指し込み、枝の代わりにする。私は見ているだけだ。

「きれいにむけたねぇ」

「わあ、もう残りが少なくなってきたね」

と言うだけ。どういう奥さんかと言われそうだが……。皮むきは昼食を挟んで午後三時までかかった。

私は家にいるときは、十時、三時はお茶の時間と称してコーヒーを飲んだり、お菓子をつまんだりする。三時になったので、

「お茶の時間にしよう。あなたはトマトジュース？　それともマンゴージュース？」

と聞いた。が、返答はない。そして、やおら立ち上がった夫は冷蔵庫の扉を開け、手を伸ばし取り出したのは、三五〇ミリリットルのビールだった。なにもしなかった私は、「どうぞどうぞ」と言ったのみだった。

休憩が終わると次は、柿二個に一本の下げ手を付ける作業だ。以前、といっても大分昔だが、シュロの葉を裂いてそれを結び付けたものが見

られた。が、今はビニルテープというのか、いろいろな作業に使われる細い紐だ。

夫が下げ手を付け始め、手伝ってくれと言う。私は結び方が分からない。最初シューッと引っ張ると、生り口のところに掛けるのだ。二個で一本なのだが、取ってきた柿を数えたらなんと八十五個、奇数だ。だから三個ぶら下げるものもあった。紐の結び方を夫が説明し始めた。

「ここを抑えといて、グルッと回して、こうやって最後に締めると出来上がり」

私は一段階ずつ習おうとしたが、結局できない。それから二回やったができず、「もうダメー」と音を上げて笑い出した私。夫にバカにされながら「もうできーん」と夫の肩をたたき、「トイレに行きたーい」とトイレに逃げ込んだのだった。

私がそれからしたことは、完成したものを軒下や二階ベランダの物干し竿に掛けることだけだった。

大晦日最後の晩餐？

令和元年の大晦日、我が家の家族八人が一堂に会して食事をし、新年を迎えた。

中武家の暮れから正月の過ごし方は、私の両親の時代から連綿と今に至っている。まずはもちつきの計画。これはもち米を何キロ買うかに始まり、いつつくか、もちの種類などが話題にのぼる。両親のいたころは、父が甘党だったので必ず餡もちがあった。代替わりしてからは、缶詰一個の餡を買ってきて作り、仏壇に供え、孫が手を伸ばしたこともある。しかし、今は全く作らない。

二番目が年越しそばを打つことだ。これもそば粉を買うことから始まる。出来上がった一袋五〇円のそばを買えば簡単なのだが、これまた、今のやり方が五十年ほど続いていて慣例となっている。

はじめは夫が本を片手に作っていた。そのころ父は狩猟をしていたので、獲ってきたものの出汁で母がかけ汁を作り、「こんな年越しそばを食べてる家はないぞー」と父に言われていた。

ここ十年近くは、打ち手が夫から息子に代わり、切り揃えるのは嫁がやってくれる。出汁は恥ずかしながら既製品。うどんのつゆとして売っているものを買い揃えて準備する私だ。今年も当然のように自家製の椎茸をたくさん入れた。

以前は、自宅で作るおせち料理も多く、黒豆、たたきゴボウ、それに筑前煮、酢の物、スタミナ卵も準備した。数の子、かまぼこ、昆布巻きも買い揃え、さらに、息子、娘のうちから届けられる品を加えて賄っていた。が、最近は世の中の流れに乗り、オードブルを暮れに注文し、大晦日に並べ始めた。西都の実家にもちつきに行き、宮崎の家でそばを打ち、大晦日を迎えるのだ。

娘のところには、社会人となった孫娘がいる。息子のところは大学三年生の孫娘、それに高校三年生の孫、この三人が揃うのは、今回が最後になるという話をして集まることになったのだ。息子家族の転勤もある。無理してでも集まってほしかった最大の理由は、福岡で看護師をしている孫娘が結婚することになったからだ。入籍は済ませたものの、相手のご両親より「宮崎で過ごしなさい」と言っていただき、帰省してきた。

三十一日、初めに我が家に来たのは息子の家族。そば打ちがあるからというのもあったが、「何か手伝うことがあったら言って」と息子が声をかけてくれて嬉しかった。

娘のところの孫娘は、夜勤明けの夕方にやってきた。普段ならすぐ床に入るのだろうが、そうはいかない。家に入ると、もう一人の孫娘が「佐藤さん、お帰りなさーい」と笑顔で入籍後の姓で呼びかけた。当人も笑顔で、「はい、ただいま」と照れくさそうに返した。

暫くして例年のごとくそば打ちが始まり、もろぶたの中に打ち粉をしてその上に丸く一人分ずつが並んでいく。今回のそばは十割そばではないので伸びもよく、見栄えも良かった。その間、テーブルの上には取り皿、箸、飲み物、食べ物が並んでいく。

なかでも孫たちが幼児のころより並べられるのが、鶏肉だ。夫が年末に予約して、帰省に合わせて西都の仕事の帰りにたれ焼き、塩焼きを取りに行き、喜ばれていた。そのうちにたたきが加わり、孫たちの成長を感じた。

そばを茹でた後、食卓に着くと、各自の飲み物を持つ。そして夫のひとことだ。

「今年もいろいろありがとう。このメンバーで大晦日を過ごすのは最後になりそうです。来年が皆にとっていい年になるように！　頑張ろうね、乾杯」

それから銘々好きな食べ物、飲み物に手を伸ばし会話が弾む。夫は一同が見渡せる場所に座り、満面の笑みを浮かべながら焼酎のお湯割りだ。

令和二年に結婚する孫娘のことに話題がいく。「来年は旦那さんの家での年越しとお正月だね。やり方も揃えるものも違うかもね」と心配する発言もあった。送り出す娘はどんな気持ちでいるだろうとふと思った。高校三年の孫は、県外の大学を志望している。となると、今までのような正月の準備、大晦日を過ごすことは難しくなるかもしれない。

飲み方が中盤に入ったところで「おそばが食べたい」という声が上がり、私と嫁は立ち上がった。一人分ずつそばを温め、丼に入れ、鶏肉、椎茸、かまぼこ、ホウレンソウ、そして最後は、夫が掘ってきた自然薯のとろろをかけてそれぞれに届ける。この役割も今年で終わりだなと思うと寂しさも一入（ひとしお）だ。というのも、息子一家が関東へ転勤なのだ。そういう意味での最後の晩餐は進んでいった。

没イチ

「バツイチ」という言葉は私も知っていた。「バツイチ」というのは、男性女性の区別なく一度離婚を経験した人を指す俗詞で、一九九二年、明石家さんまと大竹しのぶの離婚発表の折に、さんまが顔に×と記したことから急速に浸透したという。したがって私も聞き慣れていた。

バツイチという言葉の中には、離婚は悪で社会的には落伍者とする視点がありそう。だが、「ボツイチ」というのは今回初めて目、耳にした。そこには、「没イチ」とあった。

これは「宮日女性懇話会」の第二〇六回の案内状のこと。講師小谷みどり氏とあり、演題は「没イチ~パートナーを亡くしてからの生き方」と表記されていた。

没イチって？　と思ったが、そのあとの言葉を読んで、ああ、相方を亡くすことをいうのかと一応の理解をした。

私は、結婚五十五年になるが、幸せなことに夫は元気である。二人の子どもはそれぞれに家庭を持ち、生活できている。が一方、周囲にはご主人を亡くした人も多い。それらの人は、「何年経っても寂しい」と話される。

今回の講演で、まず「配偶者と死別し一人になることを没イチという言葉であらわす」と紹介された。さらに実態として、一九九〇年に六十五歳以上の女性に占める没イチの割合は約六割だったが、二〇〇五年には約四割。長寿化によって没イチになる年齢が上がっていると話された。

小谷さんは没イチの生活において、身の回りのことを自分で行う「生活的自立」「精神的自立」の大切さを説き、「元気なうちに『自分が何をしたいのか』を考える訓練をして」と強調した。

最後に「残された人が配偶者の分も人生を楽しめるような社会、意識づくりをしていきたい」と結んだ。

講演会の翌日、小谷さんの著書『没イチ』を近くの書店で探したが、なかったので取り寄せた。

第一章は、「目覚めたら夫が死んでいた――没イチになった私」というタイトル。読み進むと、突然死のときは警察が事情聴取に来るということが書いてあった。そのことは知っていたが、そのプロセスも書かれていた。途中、涙ぐんでしまったところも多かった。

著者は大学で死生学を講義し、講演会にも招かれていた。「依頼される講演の内容は終活や葬送に関するものがほとんどで、自分が一週間ほど前に夫が突然亡くなったのに、死について客観的に笑いを交えて平然と講演をこなさなければならないというのは、実はとても精神的に辛く、また、夫に申し訳ないという気持ちでいっぱいでした」と綴っている。

その後、「没イチ会」という会を作り、活動していることもさることながら、第一章の十八ページにわたる事実の描写に心打たれ、再度読んだ。自分だったら、という想いがよぎったからだろうか。

講演を聞き、本の一部を読んでからひと月も経たないうちに、宮崎日日新聞の「にっぽん診断」という題の欄にシニア生活文化研究所所長・小谷みどりとしての文章が掲載されていた。タイトルは、「最期」どう迎える――元気なうちに考えたい――というものだった。

これは没イチの前の段階だが、自分の死をどう迎えるか、医療の受け方、最期の迎え方を元気なうちに考えておかねばといった趣旨のものであった。

私は、昨年初めに『「平穏死」のすすめ』(石飛幸三著)を読んだ。その本の帯には「延命治療の限界と人としての安らかな最期を考える」とあった。『病院で死ぬということ』(山崎章郎著)も手にした。そして元気なうちに、夫や子どもにどうしてほしいかを伝えておこうと考え、向かい合っての一言ではないが、「今読んでいる本がねえ」と始めて、最期をこうしてほしいと願っていることを子どもたちに話したのだった。

私の父がガンで入院していたあるとき、床頭台の引き出しの中からカードケースを出した。そして自分の写真を出すと「千佐子、これを遺影に使ってくれ」と言った。私は、「そんなこと言わないでよ」と押し返した。

しかし、父が亡くなって「葬儀の折に飾る遺影を」と葬儀社の人に言われたとき、「お父さんが言っていた写真は？」と思い出し、見つけ出して使ったのだった。その写真は今でも私の手帳のポケットに入っている。そして、本人が望んでいた遺影にできて良かったと、没後三十三年経っても思っている。

父からの言葉はたかが遺影についてのものだったが、延命治療についてとか、葬儀のやり方など、生前に思ったことを伝えておくことは意義があると思っている私だ。

著書『没イチ』で多くのことを学び、課題も見つかった。自分の死の迎え方、そして死後の生活がどうなるかについて事前に考えておく必要があるのだ。著者が作った「没イチ会」では、先だった配偶者の分も人生を楽しむというテーマを全員で共有し、社会に発信していこうという取り組みを行っている。

今後もいろいろな方面にアンテナを伸ばして、知識を入れて生きていきたい。

重い初体験

「第二腰椎横突起骨折」

これが私にくだされた診断、病名だった。

一月十六日の朝、二階の部屋で寝ていた私は、六時に起き出した。寒かったのでソックスを履き、階段を下りようとした。ところが、右足の踵がソックスに引っかかってちゃんと履けていない。足を後ろに少し上げ、踵の部分を入れて下ろしたときに手すりを握り損ない、階段で滑った。ガタガタガタガタと八段ほど滑り落ちたのだ。

日頃から気を付けていて、二階から物を持って下りるときは必ず右手で持ち、左手で手すりを握っていた。それなのに今回は右足を上げ、踵に集中していたので、バランスをとるための左手は握り損ねてしまったのだ。

首は起こしていたので、後頭部を打つことはなかったが、背中、臀部に痛みを感じた。ちょうど一階のトイレから出てきた夫が「大丈夫か」と寄ってきた。「立てるか」と言う。私は、手すりと夫の支えで立ち上がった。自分に起こったことに驚き、返事もせず、ともかく歩いてみると、一人で歩けた。痛みがあったのは、背中、臀部の左側、右ひじだった。そこに湿布薬を貼り、朝食を済ませた。

テープのところに痛みを感じることはあったが、普通に歩けたので、坂の上の郵便局や公民館などにもでかけた。そんな生活が十七日の午前中まではできた。午後から近くのスーパーに買い物に行こうと車に乗った。運転席に着くとき、「アイタタ」と思わず声が出た。臀部だが、それ以上の痛みもなく、買い物を済ませ、再び運転席へ。このとき、今までに感じなかった部分が「キリッ」と痛み、思わず手が伸びた。それは、ウエストの右側やや後ろの部分だった。

前日の朝、夫が駆け寄ったとき、「どこかキリッとする痛みはないか」と聞いてきた。その時点ではなかったので、そのように言った。しかし、今回は動くたびに「痛っ！」と手が動く。ヤバイ。運転して帰る途中、「明日は土曜日。開院はしているけど早い方がいいので、今から病院に行こう」と思った。

家にいた夫に「ここがキリッと痛むのよ、だから病院に行きたい。乗せていって」と頼み、即戸締りをして車上の人となった。行きつけの整形外科医院だ。受付で状況を話し、診察が始まった。

医師に前日の朝からのことを細かく話し、今さっき別の部分に異常を感じたと付け加えた。すると医師は手で私の右横腹の数カ所を押さえた。「痛いです」と言うと「レントゲンを撮ります」と言われた。

そして、その映像を見ながら言われたのが冒頭の診断名だ。「脊椎は異状なし、肋骨も大丈夫。ただ横の方に突き出ているところの縦にうっすらと白い線。ここです」と、改めて指し示された。

その後、コルセットの着用と湿布薬を出すことを言われた。コルセットは以前、腰痛のときに出されたものが家にあった。軽トラックの中で待っていた夫に報告し、帰るとすぐコルセットを着けた。圧迫することで痛みが多少和らいだかに思えた。

ところが、その後の二、三日は、下に落ちたものを拾うときは、ほぼ垂直にしゃがみ、手を伸ばす。体を傾けると、「ウッ」という感じだ。くしゃみ、咳も響く。いつもなら夕食後、こたつに入って日記、家計簿などを書くのに、姿勢を変えるのが辛い。痛すぎる。

一番こたえたのは、寝転がって起きるときだ。朝目覚めて起き上がるときに、どっち向きに起きるか、どこを摑むか、息を止めて、などと四苦八苦した。結局痛いのを覚悟し、歯を食いしばって起き上がるしかなかった。

診察の日は、さほど痛くなかったので、鎮痛剤は出なかった。診察三日後、痛みが増したので、私は頭痛などのときの痛み止めではダメかと思い始めていた。自分で車の運転はできないので医院には行けない。そこで電話をして尋ねた。暫く待たされた後に、看護師ですが、と前置きして「市販のものでも構わないけど、量的に指示できないので……」と言われた。それなら薬だけ貰いに行こうかと思い、その旨話したら、「診察しないと薬は出せないことになっています」と話された。

痛みを少しでも減らしたいということと同時に気になっていることがあった。それは、初めての骨折だが、コルセットを着けるだけで骨が元に戻るのだろうかということだった。ちょっと調べるとそこには次のような文があった。引用しておこう。

腰椎には横突起という骨の突起があり、この突起は背筋の中に埋まっていて、背筋などの筋肉の力を腰椎に伝える役目をしている。腰を直接ぶつけたり、強く捻ったりすると、この横突起が骨折することがある。症状は腰痛、圧痛、動いての痛みがあるが、神経を傷めることはほとんどないので、足のしびれや麻痺が出ることはない。治療は腰の安静、コルセットや、腰部固定帯（腰痛ベルト）で固定する。骨折部が開いていなければ骨癒合（骨がくっつくこと）が期待できるが、筋肉に引っ張られて離れてしまっている場合は、骨癒合の期待はしにくい。ただ骨癒合しなくても機能的には支障はない。ただ慢性腰痛の原因になる可能性がある。基本的には二〜三カ月で元の状態に完全復帰できるので無理をしないことが大事である。

私はもちろん元に戻りたい。せっかく始めた体操やトランポリンを続けたい。それで今はおとなしく最小限の動きにとどめて、回復を願っている。

初診から一週間後、再びレントゲン撮影。痛みも一日一日少しずつ薄らいでいる。これこそ昔の人が言った「日にち薬」に当たるのだろう。医師にも順調に回復しているようだと言われ、小さくガッツポーズをした。

骨折したからこそ知ったこともあり、初めての重くて辛い体験ではあったが、今後に生かしていきたい。

一日一日を大切に

令和二年の誕生日で、私は満八十歳になる。自分では七十歳前半と比べて気持ちは変わっていないのだが、ちゃんと上げたはずの足が上がっていなくてものにつまずき、思いがけないところで転びそうになったりする。

今回の第二腰椎横突起骨折も、まさかの出来事だった。笑っても身体に響いて痛い。これがくしゃみや咳となるともっと痛い。針が百本刺さったような、すさまじい痛みが襲ってくる。何とかしてくしゃみを呑み込もうとするが、これがあくびのようにはなかなかうまくいかないのだ。

とにかくコルセットを着けて安静にということで、門から一歩も出ない日が続いた。そのうちに気持ちの落ち込みがひどくなり、自分でも分かるくらい無表情で寡黙になっていった。いつもだと、一カ月か一カ月半に一度、髪のカラーリングをしていたのに、そろそろだなと思っていた一月中旬に骨折したので行けずにいる。そんな自分を鏡に映すとますます情けなく、ふさぎ込んでいった。家にじっとこもって落ち込みの塊になっていく私。

骨折して三週間近く経ったある夜、こたつに夫と向かい合って座っていたら、「お前もずいぶん齢とったねえ」と真面目な顔で言われてしまったのだ。その四、五日前、髪が白くなったのを指して「ねえ、このまま染めずに白髪にしようかなあ。どう思う?」と聞いた。そのときは応えの言葉はなかったのだが……。

私は夫の「齢とったねえ」の言葉に、事実だと思いながらもショックを受け、「いや、これじゃ駄目だ。明日は出かけよう」と、決めた。

翌朝、行きつけの美容室に連絡を入れたら、「今からでも大丈夫ですよ」と言われ、早速出かけた。車の運転は骨折以降、数回やっていたが、気を付けてゆっくりと出かけた。店長に訳を話し、シャンプーのときは背中に弾力性のあるクッションを置いてもらいたいと伝えた。いつもは丁寧なシャンプー、マッサージで気持ちいいのだが、今日はできるだけスピードアップして済ませてと頼んだ。

全てが出来上がって鏡の中の自分を見て、厚かましくも、捨てたもんじゃないと微笑んだ私だ。

午後からは自宅近くの「ふれあいルーム」に出かけておしゃべりをして楽しんだ。そこでの友人もずっと心配してくれていたので、久しぶりに笑顔の私の姿に、ほっとしたと言ってくれた。

自宅に戻ると、夫が畑仕事から帰ってきていたので、私は「どう？」と胸を張り、顔をやや上に向けて笑顔で呼びかけた。反応は「おう」の一言。なにそれ、と思ったが、若くはならなくても元に戻ったと思ってくれたと勝手に決め込んだ。

今回、平凡な毎日が貴重な一日だということを改めて実感した。そして残された年月がどれほどあるか分からないが、「今日一日の行動が私の人生」と書かれているカレンダーの言葉を思った。また別なものには「今日も生涯の一日なり」ともあった。

最近、大伴旅人のうたに出合った。

生ける者遂にも死ぬるものにあれば
　この世にある間は楽しくをあらな

「楽しく」の意味は、もっと一瞬一瞬を愛で、丁寧に「いいなあ」という愉しい想いを味わい尽くしていこう、と解説してあった。

最近は、巡ってきた一日が何もかも思うようにならず、ふさぎ込んだこともある。そのときは、「明日はまた違った日が来る」という言葉を思い出していた。

この言葉は映画『風と共に去りぬ』のラストシーンで出てくる。南北戦争に敗れ、両親も大邸宅も愛する男も、さらには子どもまで失ってしまったスカーレット・オハラが夕焼けの中で口にした言葉だ。前向きに進もうとする姿が大好きだった。

明日へ期待することもありだとは思うが、今回の出来事に出合い、その日その日を大切に過ごしていこうと誓った私である。

どうしたんだろう私

我が家の朝の味噌汁には、毎日わかめが入る。わかめの製造元にこだわりはなかった。ただ国産であることを夫に言われて買ってきていた。二年ほど前にご近所の方から、「親戚から送ってきたんですが、食べてみてください」といただいたわかめがあった。カットはされていない。好みの大きさに切って食したところ、「これは出汁が出ておいしい。製造元、大分県東国東郡の姫島村に注文しよう」と夫の要望があり、私が電話して「姫島乾燥わかめ」一袋二十グラム入りを十袋頼んだ。

送られてきたものを一袋分ハサミでカットして容器に入れておき、朝の味噌汁に入れる。といっても朝の味噌汁だけはここ二十年ぐらい夫が作ってくれているのだが……。

一月も終わろうというある日、夫が「そろそろわかめを注文せんといかんね」と言った。使っていたのは、賞味期限が二〇二〇・二・一〇となっている。といっても賞味期限の問題ではなく、買い置きのものが底をついてきたのだ。早速、私の方で製造元に電話を入れた。製造者のところに氏名が印字されている。しかし、私が話したのは前回の担当者ではなかった。昨年の経緯を話し、「今年も送ってほしいのです。二十袋」と言うと「今年はあんまりよくなくて」と言われた。「でも息子に伝えておきます」と続けられ、住所・氏名・電話番号を伝えた。

私が電話したときに、夫は買い物に出かけ、その場にいなかった。三十分ほど経って帰ってきたので報告するときに、なぜかパッと頭に浮かんだことがあった。それは申込み数だ。「私、二十袋と言った気がする」と言うと、「違うが、二十もいらん。十袋じゃがー」

二十も買ったら期限切れになる。そのときは娘、息子、孫たちに送ればいいかと、自分を納得させようとしたが、やっぱりダメ。もう一度電話だ。

ところが、呼出音はするが出ない。「出てよー、お願い」と祈るような気持ちだ。暫くすると、ファックスの方は送って、電話はかけ直してという指示があった。受話器を置いて考えた。よしファックスしよう。「二十袋と言った気がするが十で結構です。今年は取れるのが少ないと言われたので五でも結構です。よろしくお願いします」

久しぶりにファックスを送ろうとした。一回目は「送れませんでした」と電話機からの声。落ち着いて！　と自分に言い聞かせ、二回目、用紙が滑り込むのが見えた。その後、連絡はなかったが、届いたと信じ、わかめの到着を待つことにした。

数時間経って、我が家で収穫した大根で酢の物を作ろうと、皮を剝き下ろした。人参も少し加えてだ。そのとき、あ、そろそろ酢も取り寄せないとなくなりかけてたなあと思い、注文することにした。今まで一リットル入りを六本取り寄せ、コーラスグループ内の友人に回していた。

が、今回はどうしよう。連絡はとれるがそれは止めるかと迷い、結局自宅用を四本取り寄せることにした。

この酢はとても便利で、砂糖が既に加えてあるので、軽く塩もみして絞った大根をボールに入れ酢を回しかけて時間を置けば出来上がり、という一品だ。そこで商品カタログ片手に受話器を取る。

オペレーターの「お客様番号か電話番号をお願いします」に始まり、確認があったところで商品名を伝える。すると「注文番号は？」と聞かれた。今まで商品名でＯＫだったので「○○酢の一リットルを四本です」と答えた。すると「その商品はうちでは扱っていません」と言うではないか。「え？　○○酢ですよ」と言ったあと慌てて手元のカタログを見て、注文先を間違えたことに気付いた。

私が電話していたのは、味噌汁やスープ、パスタなどのドライフーズを頼む会社だったのだ。「ごめんなさい、間違えました」。相手の反応も聞かずに受話器を置いた。

その後、ちゃんと注文はしたものの「どうしたんだろう私、どうかしてるよね」と笑い、ごまかそうとした。夫は絶句だったようだ。

三、それぞれの旅立ち

三年半で学んだこと

二〇二〇（令和二）年二月十五日、毎月第三土曜日に一回催されてきた「懐かしの昭和歌謡」と銘打った会が最終回の日を迎えた。

台風で一度だけ中止になったこともあったが、三年半の長きにわたって続けられてきた。場所は大塚台中央自治公民館の一室。「ふれあいルーム」の運営組織「大塚台を明るくする会」の事務局長・湯浅さんがプレイヤーを運び込み、持参したレコードを渡される資料に書いてある順にかけて、集まった地区民が聴くというものだ。

私は、その会を楽しみによく出かけた。やむを得ず欠席したときもあったが、ふれあいルームで知り合った友人が資料だけは届けてくれた。

今までのそれらの資料を眺めながら、学んだことや感想をまとめて残したいと思った。

① この会が発足した経緯について

高齢化してきた現在のまちを住みやすくするために、まちづくり推進委員会の人たちが、県内を視察して回った。すると、「ふれあいサロン」という名前で高齢者の集まる場所づくりをしていた地区があった。そこを参考にし、さらに宮崎市でも予算が付くと聞き、エントリーしたとのこと。そして二〇一六年二月十五日から、試行錯誤しながら始められたのだ。名前は、「ふれあいルーム」。内容としては昭和歌謡を聴く会だった。二〇一六年六月から本格的に始動し、回覧板でそのことを知った住民が集まるようになっていったのだ。市からの視察も入った。十二月に採択され、二〇一七年の一月から地域のお宝発掘・発信・発展事業として開始されたという。それが第八回を数えていた。

そして嬉しかったのは、宮崎日日新聞の二〇一七年二月八日付の「ひと 人 ヒストリー」という欄に、「名曲通じ住民つなぐ」というタイトルで、湯浅さんの写真とともにこの催しについて紹介されたことだ。

ちなみに私は、第二回から聴きに行き、宮崎日日新聞の窓欄に投稿し、掲載された。結びの文は、「今後、大塚台団地の人々が安心して暮らすための、ふれあいの場になっていくだろう。次回が楽しみだ」である。

② 鑑賞会で配布される資料と感想

会のある日、会場の受付で氏名を記入すると、資料が渡される。Ａ４用紙四枚。両面に曲名などがプリントされ、左上がホッチキスで留めてある。

「ふれあいルーム　懐かしの昭和歌謡　16」といった具合だ。この日の一曲目は、①「昭和23年フランチェスカの鐘　二葉あき子」と印字されている。

その次に昭和二十三年の出来事として、「マハトマ・ガンジー暗殺される」「帝銀事件」と世界や日本国内の出来事が挙げられ、最後に、宮崎では、という項目があり、

※宮崎市職員の給与ベース、二千九百円

※宮崎市役所が別府町に移転　　　　とある。

二曲から八曲まで、このような表記がなされ、解説がされている。それだけではない。その曲がヒットした当時の雑誌、週刊誌などが回覧される。価格四十円などに驚く。

私は、その当時の週刊誌を数回借りて帰り、文章作りの資料にさせてもらったこともある。さらに会が終わって帰ると、一筆箋にではあるが、感想を書いていた。ただし、十三回で終わっている。今読み返すと、その曲を聴いた日のことや、隣の席にいた人との会話なども思い出す。今回は一回目のものから数編書き写すことにする。

昭和三十六年の「王将」村田英雄のページに、日向灘地震（2月27日、震度4から5）とあった。また、三十八年「美しき十代」三田明のところには日南線開通式（宮崎北郷間32・5㎞）とあったのだが、一筆箋に書き残しているのは次のようなことだ。

※昭和三十六年の日向灘地震、当時大学生、間借りしていた部屋のふすま状の戸がフワーッと開いた。

※昭和三十八年日南線開通のとき、初任地北郷中勤務で、バトントワリングの女子を連れて北郷駅に行き、ホームで吹奏楽部とともに演技をして祝った。

※レコードを聴くだけでなく、ポスター、雑誌類があるとはびっくり、嬉しい。

※その当時の出来事などの解説もあり、当時を思い出した。

※ほとんど歌えるものもあり、隣の人も口ずさんでいた。

そして、最後に赤ペンでこう加えている。

※参加者の思い出をひとことでも言う機会が欲しい。

このようにして一筆箋の言葉を振り返って読むと、長女誕生の年に日産の車を買って、「車が買える、乗る身分になる日がこようとは思ってもいなかったなあ」と書いている。また、沢田研二の「勝手にしやがれ」のところを見たときには、私が彼にはまってＬＰ盤を買い、ジャケットを教室の戸棚の奥に貼っていたことなどがよみがえった。

第六回は昭和二十一年から五十八年までの八曲が流れ、感想として「自分の年齢を考え、わが子の齢も書き出しながら聞いた」とある。

八回は「今日は週刊誌に驚いた。昭和二十四年の物二十円、三十一年物三十円。四十年の月刊明星が六十円」。

十回の一曲目が田端義夫の「かえり船」で、引揚船、復員船という言葉があり、『湾生回家』という映画を見たばかりだったので、隣の座席の男性は朝鮮から、私は台湾から引き揚げた年月や船の中の様子を話したりもした。今となってはどれもこれも懐かしい出来事だ。

③　歌詞カードが添付され始めた

初めの数回は、その日流される曲の歌詞が印刷されたA3の用紙二枚が渡された。八曲だから一面だけだとそうなるのだろう。懐かしい曲なのでせめて口ずさみたい。テレビ番組で歌われるときは、なぜか一、三番だったので、私も二番についていけなかった。しかし、歌詞カードは六回で途切れている。

そしてある回の後で、「歌詞カードが欲しいですね」と会長に伝えたのが友人だった。初めは、準備することの大変さを呟かれたそうだが、二十三回目から最終回まで途切れることなく渡された。それは、A3の用紙の両面にびっしり八曲があった。ただ原本の歌詞の文字の大きさも異なり、縦書き、横書きと交じっていた。A3のスペースに収まるように工夫して配置された苦労を、今になって改めて思う。ご苦労様でした。

④　取り上げられた昭和の年号

最初の数回は、昭和三十～三十八年、次は四十～四十七年、そして五十～五十八年とつながって配列されていたが、次第に昭和二十一～五十八、昭和二十六～六十のように変わっていった。すると再び三十～三十三回は昭和三十年代を初めにして選ばれていた。そして毎回異なった歌手の異なった曲が流されていったのだ。

今日は誰のなんという曲と解説が聴けるのかと、楽しみに出かけて行ったのも分かってもらえるだろう。違う地域の友人にこの会の話をすると、「えー、いいねえ」と必ず言われた。他の地域の人も聴くのを受け入れていたので、誘って一度だけ一緒に聴いたことがある。懐かしかったようで、笑顔で「楽しかった」と言ってもらえた。

三十四回からは、八人の八曲ではなくて、「美空ひばり特集」「北島三郎特集」のように一人の歌手の数曲が聴けた。演歌の好きな人もいるだろうし、歌手が同世代だと当時を思い出し、これまた楽しかった。

私は今回、どの年の曲が何回取り上げられているか調べてみた。すると、最高は昭和四十年の十七曲。次は四十一年の十六曲。三十二・五十一年は十三曲などであった。一曲だけというのが昭和十二年「別れのブルース」(淡谷のり子)、二十年「リンゴの唄」(並木路子)、五十九年「夫婦坂」(都はるみ)、六十三年「年輪」(北島三郎)であった。

別にこれで問題があるわけではない。事務局長は、定年退職されるまでMRT宮崎放送に勤務し、テレビやラジオ番組の制作に長く携わってきた。退職後、趣味でレコードのコレクションを始め、所有する約五百枚の中から曲を選び、歌詞を載せた資料を作り印刷するのだ。

最後の回に八曲歌ったのは、武中はじめ。春日八郎、青木光一などの歌もあったが、その中に「元気だしなよ」という一曲があった。これは、身体障害者を励ますために募集したもので、作詞・山塚重人、作曲・堀川敏幸のものをレコード化し、昭和五十三年に身体障害者団体に行進曲としてアレンジ披露されたという。

湯浅さんはＭＲＴのラジオ制作部時代に地元歌手や武中はじめさんの番組担当となり、彼から様々な歌手や歌謡曲の魅力を教えてもらったらしい。そのこともあり、最終回は「武中はじめ」特集にして、在職中にカセットテープなどに録音していた武中はじめさんの歌声を聴いてもらいたかったのだという。

武中はじめさんは、元コロムビア専属歌手で、一九九〇年以降は宮崎放送（ＭＲＴ）所属のタレントとして、ＭＲＴ制作のラジオ、テレビ番組に数多く出演。宮崎県の企業ＣＭ出演や地元イベントへの参加など、郷土に根差した活躍をした人であり、また歌謡学校などで、歌手を指導育成した人でもあるという。

三年半という長い期間、いろいろな曲を聴かせてもらい、その当時のことを思い出すことができた。これは脳の活性化に役立った。さらに、当時の週刊誌、女性誌、若者の本なども回覧され、たまには歌を聴くのはそっちのけで、文面の文字を追ったりもした。机の上にはお茶、お菓子も用意され、喫茶店とはいかないものの高齢者の居場所となり、会話ができ、絆も深まって「次回も会いましょう」と別れたりもした。

主催者の方々にはご苦労をかけましたが、私は、三年半にわたり、三〇〇曲ほどの曲を大いに楽しませていただき、幸せに思いました。一方学ぶことも多かったですが、昔を振り返り、反省する部分もありました。

本当にありがとうございました。

お疲れ様でした。

結婚記念日

二〇二〇年三月、結婚五十五年を迎えた。毎年、家で夕食をとり「今日だね、もうあれから〇年経ったのよ」などと言うことはあっても、食卓に並ぶのは、買ってきた刺身、私の好きなカツ、ちょっと作ったサラダなど普段と変わらないメニューだ。「今年は五十五年なので、下の居酒屋に行こう」と誘ったのは私。予約はしていなかったが、家でゆっくり飲みたい派の夫も頷いてくれていた。

ところが、新型コロナウイルスというものに世界中が振り回され始めた。「不要不急の外出はひかえよう」と頻繁に報道され、なんと安倍首相が「三月二日から春休みまでを一斉休校にする」と突然の宣言。日本中が驚いた。

なので、私たちの居酒屋での食事も中止することにした。生ビール、焼き肉など楽しみにしていたが、我が家ですることに変更だ。いつもの夕食だと夫が飲み始めるのは五時前なのだが、「今日は少し遅くして。私に合わせてね」と了解を得る。

食卓にコンロと鉄板を準備。肉、もやし、玉葱、キャベツなどを切って並べ、取り皿を出した。ところが、焼き肉のタレがない。いや、残りが少なくて足りそうにないことに気付いた。私は苦笑いしながら、それだけを買いに急いで上のスーパーに車を走らせた。

帰るとコンロのスイッチを入れ、鉄板が温まる前にビール缶、三五〇ミリリットルを出す。夫は普段焼酎なのでビールはあまり飲まないのだが、今夜は違う。「カンパーイ!」「これからもよろしくね」「元気で過ごせるといいね」と言って缶を合わせ、いよいよ肉だ。

私は、肉を食べると元気が出るという思い込みがある。いや事実だ。「高齢者になったら、肉ではなく青魚」などという言葉を聞くこともあるが、私は断然肉だ。「食べるよ」と宣言すると、「どうぞ好きなだけ」と言ってくれた。暫くは食べることに専念する。夫は焼酎のお湯割り。「軟らかいから食べてよ」と促す私。そのうちお腹も一段落ついた。

そこで「ねえ、私を見て齢とったなあってどんなときに思う?」と尋ねた。ひと月ほど前、私が腰椎横突起骨折で安静を強いられ、髪を染める時期が来ていたのに美容室にも行けずみじめな格好でいたとき、「お前も齢とったねえ」と言われ、ショックだったのだ。

今回は私の方から持ちかけたのだが、「俺に対して物言いがしつこくなったかねえ」と言った。どういうことか、よく考えてみる。と、実家の柿ちぎりで梯子を使って高いところに夫が登ったとき、下から見ていて怖いので、「もういいことない?」「もういいが、もうやめてよ」と繰り返した。怪我でもされたら困るから心配して言うのだが、夫にしてみたら、しつこく、うるさいのだろう。思い当たることは他にもある。

さらに、「知らん」「分からん」を繰り返し、「聞こえんかった」「聞こえんとよー」が増えたと続けた。耳が痛い。いや心もだ。

私のビールが空いた。もう一本欲しい、といっても今度は一三五ミリリットルのもの。店なら、生ビールジョッキ二杯が普通だが、缶ビールなのでこんなものだ。焼肉とサラダ、そしてビールで満足。

一足先に「ごちそうさまー」と席を立った私は、二階のアルバムなどが入った倉庫の中から数冊を手にして下りた。その中の二冊は、私たちの結婚式のときのもの。表紙をそおっと開いて、ニヤリ。私が椅子に掛け、夫が立っている夫婦のもの。そしてもう一冊は私一人の立ち姿のものだ。カラーではない。孫に見せたら「これ誰?」と言われそうだ。特に夫は髪が十分あるので……。五十五年前はこんなに若く、それなりの顔なのだが、今は……。ま、当然か。人のことは言えません。私はその写真を、まだ飲んでいる夫の前に広げた。「ほら! 見て!」焼酎を口に含んでいた夫はむせそうになっていた。その後、居酒屋とは異なる雰囲気の中、思い出話を楽しみながら、五十六年目に時は流れていった。

年寄り半日仕事のすすめ

私が趣味でコーラスグループに在籍していたときには、練習会場として宮崎市民文化ホール、メディキット県民文化センター（宮崎県立芸術劇場）、宮崎市中央公民館などが多かった。

私は、コーラスの練習が終わるとすぐ傍にある市立、県立の図書館をよく覗いた。返本したり、検索して借りて帰ったりしたものだ。しかし、令和元年に代わる寸前にコーラスを辞めた。すると、図書館にわざわざ出向く必要に迫られた。

そのとき、私の住む地区に、市立図書館の移動図書館として「みどり号」というバスが月に一回やってくることを知った。初めは市立も県立も車で行けばいい、なんて思っていたが、みどり号が近所に停車してくれて、一カ月に五冊まで借りることができると知ってはそれを利用しない手はない。顔なじみの方に聞いて、移動図書館利用者カードというものを作成してもらい、借りることができた。

それから数カ月、三月二日のみどり号を待った。テーマソングが流れ、バスが来た。運転手と係の女性が乗っている。到着すると横と後ろのドアが開く。バスといっても小さいもので両サイドに本棚があるので本を探すのに車内を歩くと揺れる。初めはびっくり、他の人とぶつかりそうになる。それでもジャンル別に並んでいるので、そこから選んで係の人に差し出し、借りて帰るのだ。

私は今回、四冊は割と簡単に選べた。でもあと一冊に手が伸びないでいた。が、書名を見てニタリとしながらこれにしようと手に取ったのが、『「年寄り半日仕事」のすすめ』だった。「年寄り半日仕事」の部分だけは赤い文字になっていた。

著者は、最高齢の八十歳でのエベレスト登頂を成し遂げた三浦雄一郎さんと、次男の三浦豪太さんだ。パラパラとめくると、写真も多く、読みやすそうだった。が、一番魅かれたのは「年寄り半日仕事」という書名の一部分の言葉だった。これが夫にピッタリ当てはまるのだ。

帰って本を開く。「はじめに」の部分に「古いことわざに『年寄り半日仕事』という言葉があります」とあった。直ぐに私の持っている「ことわざ事典」を探したが、残念ながら載っていなかった。

読み進めていくと、具体的には、エベレスト登頂に際して、一気にというのではなく体力を考えて半日かけて登り、後の半日は散歩や読書で時間を過ごし、たっぷりと休養をとる。そうすることにより疲労が蓄積されず体力が温存できる、と雄一郎さんが記している。七十と七十五歳は体力的にも自信があったが、八十歳になってからはこの計画にのっとって登頂を目指し、三度目のエベレスト登頂に成功したのだ。

世界の三浦雄一郎とわが夫が一緒のことをしているわけではない。夫は現在八十二歳だ。我が家から軽トラックを運転して四十五分ほどかかる山や畑に出向き、畑を耕して作物を作ったり、木の伐採をして椎茸づくりをしたりしている。他に季節に応じて、梅、栗、柿、ミカン、金柑、柚子などの収穫も出てくる。

実家でそれらの仕事をするのが半日なのだ。朝八時前に家を出て大概午後一時までには帰ってくる。正味の仕事時間は三時間ほど。休憩もせず次々にこなす。私は、作物の収穫時期以外にあまり行かないが、夏に一緒したときには、「水分摂ってよ」と何回声をかけただろう。

夫は、前日の夜までに計画を立てている。例えば、「明日はラッキョウに追肥をして土寄せしてくるわ」「家の畑の周囲の草刈りをして、片付けてから帰ってくるから」といった具合である。

仕事をして帰ってきて、昼食を済ませのんびりかと思いきや、じっとしている人ではない。暫くは長椅子に横になり庭を眺めているが、「どら」と言って立ち上がる。なにを始めるのかと思い、それとなく見ていると、ブロワーで庭木の落ち葉を集めて片付けたり、芝刈り、庭木の剪定など、四季それぞれにすることがあるのである。晴耕雨読というわけでもなく、雨が降らなければ体を動かしていることが多い。

今回この本に出合って、夫へ「年寄り半日仕事」を勧めていこうと思った。山登りほど厳しいことをしているわけではなくても、「年寄りの半日仕事」は運動生理学的に見ても実に理にかなった方法だと三浦豪太さんも述べていた。

「あなた、半日仕事に励んでいつまでも元気でいてくださいね」

神話と伝承の町

私は、日向市美々津町で小学六年生（昭和二十七年）から高校一年生までの五年間を過ごした。初めは、九州産地の産物を美々津の耳川に集め、千石船に載せ換えて、瀬戸内、大阪方面へ送り出していたころ、廻船問屋だったという「河内屋」と呼ばれていたところに住んだ。

河内屋は、安政二（一八五五）年に建てられたもので、広い間口と奥行きのある家だった。格子戸を開けると土間があり、それが奥まで続いていた。ところが、土間と思っていたところは実はそうではなく、奥へまっすぐ伸びる通り庭と呼ばれるものであったことをあとで知った。

私たち親子三人は、その庭の右側の部屋を借りていた。左側の部屋には、家主である奥様が、まるで映画の時代劇に出てくるような格好で長火鉢の前に座っておられ、当初近寄りがたい雰囲気だった。

そのうちに慣れてきて、近くにあった銭湯に「一緒に行こう」と声をかけられて、出かけたことがある。ところが、髪を髷のように結っておられたので、洗うのに時間がかかり、私は待ちきれず、「先に帰ります」と声をかけ外に出た。それ以降、申し訳ない気持ちはありながら、何やかやと理由を作り、ご一緒するのはやめた。

美々津は、神武天皇東遷の出発地といわれている。といってもそれまで私にその知識は皆無だったが……。そのうち町の行事に誘われた。八月一日の「おきよ祭」。これは、神武天皇が東征に向けて出発を待っていたときに風向きが変わり、急遽船出が早まり、村人たちが、見送りをするため「起きよ、起きよ」と周囲に呼びかけ合ったことから始まるお祭りだ。

私たち子どもは、いや私は、短冊を付けた竹を打ち振るって、詳しい伝説も知らぬまま、言われたとおり、「おきよ、おきよ」と町内の人を起こして回った。さらに献上の餅が間に合わず、小豆と米をつき混ぜて差し上げたのが、「つき入れ餅」であるということも教わった。

　私が通った美々津小学校は坂を上った高台にあった。そこには「美々津縣廳のあと」という標柱が建っている。美々津縣廳は一八七一（明治四）年の廃藩置県により、日向国に美々津縣と都城縣がおかれたときのものだという。わずか二年の短い間ではあったが、人口二十万を管轄する役所としてその役目を果たした。私は、このことについても当時は全く知らなかった。が、美々津に県庁？　と思ったのは覚えている。

　立磐神社の大祭のとき「立ち縫いの舞」を奉納することになった。とはいっても知識のなかった私だが、神武天皇の着衣のほころびを立ったまま縫い合わせたことから立縫と言われることを知る。「立縫いの里　朝まだき　盾には残る星の夜を　つき入りの飯奉る」というお船出の唄に合わせて踊った。舞の様子は新聞掲載となり、私のアルバムに大切に残っている。

お船出の海に通称一ツバエ、七ツバエと呼ばれる両礁があり、正面の竜神バエに「御光りの灯」と呼ばれる灯台が建設されている。東征の折には、その間を船が通り、その後帰ってこられなかったので、地元の漁師はそこを通らないとも聞かされ、納得したのだった。

私は美々津に住んだことにより、神話の世界やそれが伝承されてきたことを多く学ばせてもらった。美々津を離れても、私にとって美々津は思い出の地であり、その後、資料館となった河内屋にも足を運んだ。そして夫に、「ここでねえ」と話し、当時を懐かしんだ。

また、美々津に住む同級生と今もつながっていて、家を訪ね、思い出話をする。それが例の銭湯を営業していた家族の一人。いつの間にか二人は中学時代に戻り、現在も元気でおられる担任の先生のことにも話が及ぶ。

私にとって美々津はかけがえのない地だ。

天ヶ城公園

令和二年、四月五日の宮崎日日新聞の一面と、全ての地域面上部に満開の桜の写真が掲載された。都城の母智丘公園、日南の花立公園などだ。美しさはいずれも甲乙つけがたかった。が、私にとっては一面にあった高岡の天ヶ城公園のものが思い出とともに迫ってきた。

今から三十年近く前、私は高岡小学校に勤務していた。新年度になると、担任が発表される。と、始業式前の時期、春休みに、その同学年の先生たちとお弁当を買い込み、天ヶ城公園に出かけていた。そして美しい桜を見ながら「この一年間よろしくお願いします」と顔合わせの食事をしたのだ。もちろんその中には、転勤してきた新しい顔の先生もいた。近くには、他の学年の担任が集まっているのも見えた。さらに一般の人たちも花見に来ていて、小学生の走り回っている姿もあった。その中の数人が私たちのところに来ると、「先生たちは何年生の受け持ちなんですか」と聞いてきた。この時期、毎年恒例のようになっていたので、いつの間にか同学年の担任が一ヵ所で食事している、と分かってしまっていたのだ。「さあ、何年生だろうね」と始業式までは教えず、内緒にしていた。

しかし、時には他の先生のグループが答えるので、残りは……と推測もしていたようだ。私は、一年生の担任が続いていたので、想像たくましくした児童も多かった。

今回の素晴らしい写真を見ながら、当時の一年生たちは、今、どこで、どういう生活を送っているのだろうと想像が広がっていった。中には、暫く保護者とつながっていたこともあった。

高岡小学校は、私の教職生活最後の学校である。定年まで勤めなかったが、多くの思い出が残っている。

来春は、この写真のような時期に天ケ城公園を訪ねたいと心から思った。

三世代通った床屋さん

私の髪の毛は中学生まで父が鋏を使って切ってくれていた。いわゆるおかっぱである。当初は唐草模様の大風呂敷を首の回りで結び、切ってもらっていた。が、そのうちにビニルの風呂敷に代わった。額に合わせて厚紙を切ったものを私が持って、顔に髪の毛が降りかかるのを防いでいた。

その後、床屋さんに行くようになり、大学生になって初めて美容院に行った。なにも知らない私は、大失態をやらかしたが、その話はまたの機会にして。

宮崎市に住むようになって、夫が理髪店に通い始めたところから始めよう。誰の紹介でもなく家の近くのあったところへ行った。ところが気に入らなかったらしい。そして、これまた飛び込みで行き始めたところが今も通っている床屋さんである。今は、髪の毛もとても少なく薄くなり、これを整髪するのも大変だろうなあと思うのだが、二カ月に一回のペースで通っている。

その床屋さんから、お盆、お正月と心遣いの品々をいただく。お返しに我が家からは、実家で採れる梅、柿、栗、ミカンそして自家栽培の椎茸などを貰ってくださいと、私が運ぶのだ。

我が家には息子が一人いる。今年五十歳を迎えた。息子は物心ついたころから夫に連れられてその理髪店に通った。大学生になると県外に出て就職も県外だったので、縁はなくなった。

そして八年前、会社の宮崎支店に戻ってきた。すると、当然のように以前通った床屋さんに行き始めた。そのときは当然結婚していたので、娘と息子がいた。息子は小学五年生、父親に連れられて行きつけの床屋さんへ。

夫が行ったある日、「昨日息子さんとお孫さんがみえましたよ」と言われたと、夕食のときに話してくれた。三人が一緒になったことは未だかつてないのだ。

令和二年、息子は再び埼玉に転勤となった。この時期、新型コロナウイルスというのが中国をはじめとして、イタリア、ドイツ、イギリス、フランスなど世界中に感染を広げていた。日本では東京が最大の感染拡大都市。そして埼玉県も感染率上位の県だ。しかし、行かないわけにはいかず、三月末に単身赴任した。その前に、息子とともに床屋さんに行き、「お世話になりました」と挨拶をしたという。

そのとき、話の中で「三世代で来てもらえるお客さんってなかなかいないよ、嬉しかった」と言ってくださったとのこと。そしてさらに、「三世代で写真を撮らせてもらえばよかった」とも言われたと聞いた。

しっかり計画を立てて、たとえその日に整髪しなくても写真を撮ってもらえばよかったのにと私は残念に思った。男と女の違いかなあ。私なら「ねえ、この日に合わせて行こう」となるだろうに……。

息子が十年後に定年となり、宮崎に戻ってきたときに夫が元気でいてくれると、今年叶わなかった夢が叶うかも。田中理髪店のご夫婦、元気でいてくださいね。いやいや私たちの方がずっと年上でした。

それぞれの旅立ち、そして挑戦

令和二年四月、新境地で仕事や生活を始める人も多いだろう。ただ、新型コロナウイルスの関係で、就職内定が取り消されたり、入学式が変則的であったりする。我が家関連も数人の大きな変化があった。

私には、今年二十七歳になる孫娘がいる。私にとっての初孫だ。世間一般で言われるように、孫は我が子より可愛い。年齢に応じて可愛がってきた。その孫は小学五年生で母親とともにオーストラリアに渡り、二年近く住んだ。英語もまるっきり話せなかったのに、そのうちに話せるようになり、それが幸いして、帰国して学年が進むと英語弁論大会などで実力発揮した。

その後、県外の大学に進み、看護師となった。その間、同じ大学の一年後輩の男子がボーイフレンドから彼氏へと変わっていった。彼はそのまま大学院に進み、四年間を過ごした。宮崎にも彼と一緒に帰ってきて、食事を一緒にしたときに紹介された。

次第に話は進み、結婚することが決まり、令和元年に入籍を済ませた。ただし、結婚式は今からである。これもコロナのことがあり、見通せない。彼の出身地は広島県、職場は広島市となり、孫の職場も変わることとなった。

五月一日より新しい病院に勤務となり、三月末に退職して、四月から彼と同居している。新型コロナウイルスに関連するニュースでは、感染者数は全国で十五番目（四月末現在）だ。医療従事者ということで、私の心配は大きくなっている。でも孫娘には幸せになってほしいし、このスタートを喜びたいのである。

二人目も孫で、我が家の長男の息子だ。三月に高校を卒業した。大学受験にも挑戦した。試験が終わり、仏前に報告に来た折、どうだったかとそれとなく聞いたら、自分としては満足しているという反応だった。しかし、結果的には残念！　だった。

だが彼は、一年浪人しても同じ大学に挑戦したい旨を親に伝えた。「勉強しろ」と促したことはほとんどなく、自分で懸命に頑張っているということを聞いていた。本人の意思を尊重して頑張らせる、というのが両親の考えだった。しかも、受験校だった大学のある京都の予備校に寮生活をしながら通うということである。

孫が、母親とともに一歩を踏み出すために出発したのが三月二十八日。ところがこれまた新型コロナウイルスの拡大で予備校休校という羽目になった。しかし、本人はそのまま寮に残り、勉学に励むという意志を貫いた。が、初めての独り暮らしである。祖母としては可哀想で辛い思いだった。数日たって「独り暮らしにも慣れてきて」とＬＩＮＥが来たが、やはり心配である。

三人目は、長男のところの孫娘である。横浜の大学の看護学科に在籍し、独り暮らしだ。彼女は自立心が強く、泣き言を言わないように私には見える。幼いときから水泳をやっていて、それを生かしてアルバイトをし、勉学にも励み、看護師になることを目指しているのだ。母親にいつ尋ねても、それなりに頑張ってやっているという返事が返ってくる。また看護師になるための国家試験を控えていて、これも大きな目標となり、挑戦していくのだ。

四人目は、二人の孫の父親、我が家の長男である。大学を卒業して県外に就職、埼玉、千葉と転勤もしていた。八年前、私たちが後期高齢者となり、夫が心臓関係の手術をしたこともあり、近くにいてやりたいと思ってくれたのだろう、希望を出して宮崎支社に転勤してきた。家族四人で、我が家から車で五、六分のところのマンション住まいだった。仕事は医療器具の販売で、病院を巡り、医師に器具の説明をすると聞いていた。

私は、近くにいてくれることで心強い想いだった。幸いなことに看護師をしている孫の母親、つまり私の長女も近くに住んでいて週末には顔を見に来てくれている。

ところが、息子は八年経ったこの四月から再び埼玉勤務を命じられ、引っ越しの準備を始めた。それが新型コロナウイルスの感染拡大時期とダブった。そこで三月末単身で赴任となった。

嫁は宮崎市の幼稚園に勤めていた。そこは、英語で園児との会話をするというのが原則であった。小学校でも英語が教科として設定され、私は、日本語も十分でないのに英語なんて……と思ったこともあったが、今や国際語として必要であり、否定するつもりはない。

息子の転勤に伴って転居することになったのだが、国として感染拡大防止のため、緊急事態宣言が出され、動けなくなった。息子の家族は、バラバラの一人住まいだ。だが、転居先で新しい幼稚園に勤務できるように挑戦してほしいと願った。

毎日、各県での感染者数が発表されるのだが、私は、子どもや孫の住む県の人数を読み上げてから宮崎へ目がいくという毎日となっていった。病院を巡る仕事ということもあり、埼玉に住む長男のことが一番気にかかるのだが、「大丈夫ね？」と毎日連絡することは憚られる。苦しい。悲しい。心配でたまらない。治療薬があって必ず治るのならまだしも、今のところそれもはっきりせず、死亡者数が増えていくのが怖い。

それぞれの旅立ちで、期待と喜びと決意を持っての新生活となるはずなのに、不安を伴ってのこととなった。乗り越えて進めることを願うしかないのだろうか。まどろっこしい。

畑のエメラルド「えんどう豆」

「今年初物だよ。東側向いて笑ってから食べなきゃ」と、子どものころから言い聞かされていた言葉を夫に投げかけ、私は口に運ぶ。それは豆ご飯。

毎年夫が作ってくれる三種の豆は、スナップえんどう、そら豆、そしてえんどう豆だ。収穫するときは、サヤをつまんでみたりしていたが、そのうちにサヤの色が白っぽくなり、しわが入ってくると「今だ」ということになるということを学んだ。

以前はご飯を炊くときに豆も一緒に入れ、茶碗に盛るときに、豆が均等に入るように気を付けていたものだ。豆の色は黄緑で軟らかい。が、いつのころからか、えんどうを初めから入れるのではなく、朝ごはんの直前に茹でて、焚きあがった釜に入れるようになった。豆の色は段違いに鮮やかなグリーンだ。白米とグリーンのコントラストが、なんとも言えずおいしそうだ。

夫が車で約四十五分かかる畑から採ってくると、私は台所で、ポンシュワッと音を立ててさやを割り、中に指を入れ端からしごいて容器の中に豆を落とす。

「わあ、凄い。きれいだよ」

豆はきれいに並んでいて十個近く入っていたりもする。

豆ご飯の他に、筍と一緒に煮て食べるのも好きだ。こさんでも唐竹でもいい。さらに我が家は自家製の椎茸があるのでそれを入れ、圧力鍋を使って作る。そして皿についだえんどうを一粒ずつ箸で摘まみながら、「老化防止よ」なんて勝手に言い、口に運ぶのだ。

ある日、宮崎日日新聞一面の下の方にある「地どれ　まごころいただきまーす！」という写真入りの広告が目に留まった。右半分は、えんどう豆の育つ過程、収穫した豆でのおいしそうな豆ご飯、煮豆が大きく掲載されていた。

左半分には、えんどう豆についての文章があった。私は、その文章を読みながら構成にも引き込まれていった。まず、「畑のエメラルド『えんどう豆』」というタイトルに魅かれ、読み込んだ。文中には植物学者メンデルの名も出てきた。そしてえんどう豆の効用として、「えんどう豆は食卓に彩りを与えてくれるだけでなく、疲労回復や新陳代謝を促進する作用のあるビタミン類が豊富に含まれており、からだにも嬉しい野菜」とその効能も述べてあった。さらに収穫期の見極め方なども書かれていて、「収穫期を迎えたえんどう豆は瑞々しく艶があり、まるでエメラルドのようです」。比喩が素晴らしいと感じいった。

私は今まで、この欄をサーッと見ることはあってもその文章を全部読んだことは皆無である。今回隅々まで読んだら、「この広告についてのご感想をお聞かせください。抽選で野菜の詰め合わせをプレゼントいたします」とあった。私は、野菜の詰め合わせが欲しかったのではなく、写真と文章に魅かれて感想文を投函した。

締め切りから十日後、ダンボール箱が届いた。開けると、「ご当選おめでとうございます」の文字が新鮮な数々の野菜とともに目に飛び込んできた。

「地どれ　まごころいただきまーす！」

四、喜ぶべきことか

診察券

午前七時五十分、ある病院の駐車場で私は車の中にいた。既に五、六台の車が止まっている。この病院は、八時になると一つ目のドアが開き、机が置かれる。そこには診察券を入れるポスト状の容器と、番号の書かれた用紙を留めた用箋挟みが準備されるのだ。

車から降りた人たちが並び始める。その順序は早く来た順にしっかり守られているようだ。私も車から降りて列に並び、名前を書き、診察券を入れた。今日は七番だ。

診察が始まるのは九時。待合室はまだ開いていない。名前を書き終えた人たちが車に乗り込む。そのまま車中で待つ人もいるが、近くの人は自宅へ戻るようで発車した。私は前回、新聞を持ってきて車中で待ったが、今日は一旦帰ることにした。ただ人数が多いと九時前に診察開始の日もある、と前回言われたので、一度家に帰り、用を済ますとすぐ戻った。ソーシャルディスタンスではないが、待合室の端の方に腰かけていると、八時五十分、受付の方から「診察を開始します」と声が聞こえた。そのあとすぐに看護師さんが三名ほどの名前を呼び、「廊下の方でお待ちください」と伝えた。これでいくと、二回目の呼び出しのときに呼ばれそうだ。呼ばれたときに不在だと、後回しにされる。

予想どおり二回目に呼ばれて廊下の椅子に掛けていると、「中武さん、お入りください」と処置室に招き入れられた。前回と同じように処置がなされ、わずか五分ほどで終わり、医師の「一カ月後にまた見せてください」の一言に送られ、お礼を言って待合室に戻った。

会計係から名前が呼ばれ、計算書二枚と診察券が返された。「ありがとうございました」「お大事に」の定番の挨拶ののち、入り口から近いところに置くことのできた車に向かった。

私は、財布と渡されたものを左手に持っていたので、助手席にそれらを置いた。そのまま発車しようかとも思ったが、早く終わり、急ぐ理由もないので、診察券はいつものカードケースに入れようと思った。ところが診察券が見当たらない。あら、どこ？　計算書の間に挟んだかとパラパラとしたが、茶色のカードは落ちてこない。

それから診察券探しが始まった。ショルダーバッグの中を覗いたが、ない。入れたとしてもバッグの底には入れない。カード入れを開く。十七カ所入れるところがあり、一カ所に五枚入っているところもあるので、その枚数はゆうに三十枚を超しているだろう。それらを一枚ずつ調べた。まず色で分かるが、見落としてはならないと引っ張り出したところもあった。でも肝心なものは見つからない。

次は、ショルダーバッグの中の物を全て助手席に出して見たが見当たらない。底も含めて隅々に目をやり、手で探った。探しながらこんなところに入れないってば、と自分に言う。そして次に思い当たったのが、受付から車まで来る間に落としたのではないかということだった。

車を降りて、周囲を見ながら受付に行った。待合室にいた人たちの視線を感じ、恥ずかしかったが、「すみません、診察券を拾ったと届けられていませんか」と尋ねた。すると、「いいえ」と即答。すごすごと車に戻った。いくら玄関から近いとはいえ、風で飛ばされてないかと思い、しゃがんでまず自分の車の下を覗いた。それらしきものはない。グルッと車の周りを見たが目に入ってこない。

再び車に乗り込み、もう一度計算書の間を見て、次に車中に落ちていないかと屈んで、シートの下、間を見た。諦めて帰ろうかと一瞬思ったが、もう一回外から車の下と思っていたら、受付の女性が近くまで来て、「再発行しますよ、保険証を持って受付へどうぞ」と言われた。

ありがたくて、言われたとおりにし、簡単に再発行してもらった。無くしたことが腑に落ちないが、次回の診察のときに困るので、ありがたくいただいて家に向かった。家に着いてもそのまま中には入らず、あり得ないと思いながらもフロントガラスのワイパーの付いている少し窪んだところも見た。ない。後で考えてそんなところに舞い上がればいくら私でも気付くだろうに。

家にいた夫に朝からの経緯を話す。が、興味なさそう。そして「診察券は無くなっても銀行のカードと違うから悪用されることもないじゃろう」。まさにそのとおり。とはいっても、やはり落ち着かなかったのだ。

納得いかないながらも、新しい診察券を所定の場所に収めた。そして、バッグの中から財布を出して、カードを一枚ずつ入れるところではなく、財布の後ろに当たるタクシー券などまとめてドサッと入れるところを見たら……。

病を作ろうとしている私

「鼻の通りは右と左のどちらがいいですか」

「はあ？」

私は、内科・消化器科の病院の検査室前の椅子に腰かけていた。今から胃の検査をするのだ。それまでの胃の検査といえば、バリウムを使ってのものだった。しかし今回は違う。そこに至った経緯はこうだ。

私は毎朝と夜に体重を測り、記録している。それは十年間続いている。きっかけは、ＮＨＫのテレビ番組「ためしてガッテン」だった。そこで見たのは「計るだけダイエット」というもので、体重をグラフに一カ月記入していくものである。

私は太っていたので痩せたかった。「測るだけで痩せる？」と思いながらも始めたのだった。表には現在の自分の体重を記入し、三カ月後の目標を書き込むところがあった。現在六十一キログラム（以下、キロ）、三カ月後五十九キロを目標として始めた。

一年後、体重五十七キロになり、その三カ月後は五十六キロを目標にした。しかし順調に減るものではない。二〇一二年五月には基準五十八キロに戻った。そのままで良しと考えていた。身長は当時一五六センチだったので、体重は五十六キロを目標にしてきたのだ。

この「計るだけダイエット」の効果は、前日の夜飲食が進むと翌日の朝は即体重に現れる。それで「今日は心して食べなきゃ」と思うのだ。その自省の心がけが影響する、と長年やってきて思う。

二〇一六年から五十六キロ、二〇一七年は五十五キロ、五十四キロと落ちてきた。そして二〇一九年の七月からはその値を維持してきた。喜ぶべきことなのだ。しかし、素直に喜べなくなってきた。二の腕などは垂れ下がり、〝振袖〟と呼ばれる。半袖、ノースリーブの上着は大好きだったのに恥ずかしくて着られない。加齢とともに筋肉が失われ、骨と皮の状態になると分かってはいたが、自分がそうなってくるとは。これじゃいかんとは思うものの、対策をしていない。現状を憂えるだけだ。

二〇二〇年、五十二キロとなった。私は、月に一回内科に通い投薬を受けている。病名は不整脈、心房細動だ。最近、「食欲はありますか」と聞かれる。医院でも体重測定を必ずするから体重が減っているのが分かっているのだ。私は「はい、あります」と答える。朝食は茶碗三分の一ほどのご飯だが、夜は食べ過ぎではと思うほど食べ、飲むのだ。

そして私は思い始めた。好き嫌いもほとんどなく、これだけ飲み食いするのに、体重が減っていくのはどこか悪いのではないだろうか。もしかしてどこかの癌？　父母ともに癌が元でなくなっているのだ。そういえば時折胸が痛い。気が付くと指で撫で、さすっている。こうして私は、病を自分で作ろうとしていた。そして今回、かかりつけ医から「胃カメラで検査してもらいましょう」と言われ、紹介状を渡されたのだ。

病院の待合室は、新型コロナウイルスで騒がれている時期、隣を空けて座ろうにも空席がない。暫く立っていて、血圧測定で呼ばれ、問診のようなものがあった。その中に胃カメラを鼻からするか、口からするかという質問があり、いくら管が細くても鼻は辛いだろうと思い、口からを希望した。待っている間、院内に掲示してあるポスターを見ていたら、鼻からしているものと口からのものがあり、「鼻からだとオエッとなりませんよ」と書いてあった。

前の日の夜九時以降、水以外は摂っていないので、吐くものはないが鼻からの方が楽なら……と、そちらに変更してもらった。そして検査室の前の椅子で、本文冒頭の言葉をかけられたのだった。

ラジオ体操

夏休みになると、子どもたちは午前六時半からのラジオ体操をするため、近くの公園など決められた場所に行く。首には、紐の付いたカードがぶら下がっていた。それは、体操が終わると、役員の方に印鑑を押してもらい、出席を証明するものだった。夏休みの最後の日になると、皆勤賞、努力賞などと称してノートや鉛筆などが渡されたものだ。今から三十年ほど前までの話だ。

その後、私の住む地区でも高齢化が進み、児童数が少なくなると、子どもたちの生活のことを考えて、ラジオ体操は夏休みの初めの一週間と最後の一週間だけに行われるようになった。

令和二年の今年は、新型コロナウイルスの感染拡大を考えて、年度末の三月と初めの四月にやむを得ず休校のところが増え、今までとは様子が一変した。

いわゆる卒業、入学のシーズンが今までとは大きく変わらざるを得なかったのだ。待ちに待った卒業、入学なのに顔合わせもままならない状況だった。そんな中、教育現場は工夫を重ねて授業日数を確保している。

話は一転するが、私は地区の高齢者の集う「ふれあいルーム」に行くのを楽しみにしている。今までと違った方々との接触により、新しいことを知り、楽しみも増えていったのだった。

そんな中で友達の一人、原田さんが「夏休みの子どもたちや地区の人を対象に、七月二十日から近くの公園でラジオ体操をしてるから来ませんか」と誘ってくださった。プリントも貰った。彼女の住んでいる地区の、高齢者クラブの健康増進活動事業部が実施しているものだった。

私は、コーラスを辞めてから体操とトランポリンを始めたのだったが、コロナで休みとなり、いつ再開されるかも分からないままだ。ソーシャルディスタンスを保つ、三密を避けよう、大声を出さないなどなど、制約の多い中、一定の場所に集まり身体を動かそうというのだ。彼女はA4のプリントを渡してくれた。そこには「朝だ！　ラジオ体操に行こう！」というタイトルで、場所、時間、期間、服装などについて書かれていた。

参加したい。そう思った私は、夫に話してみた。すると……「まず自分の家でやってみろ、できるかどうか」という言葉が返ってきた。（えー、できるわー。体育の先生だったんだよー）という言葉を呑み込んで「できんじゃろかー」と言った私。

そして八月一日の午前六時半、リビングでラジオのスイッチを入れた。まず「ラジオ体操の歌」からだ。「新しい朝が来た、希望の朝だ、喜びに……」と一緒に歌った。最近は全く歌うことがないので、せめてというわけだ。

初めに、腰を回したりする簡単な導入があり、「ではラジオ体操第一」

という声で始まった。背伸びの運動、手足の運動と進んでいく。思ったとおり楽だよーと思っていたら前後屈になった。足を開いて前に曲げるのに指先が床につかない!! 反動をつけてやるとやっと着いた。が、この硬さはなに? と思ってしまった。後で改めて、床に足を投げ出し前屈したが、大腿部の後ろが痛くて、これまた無理。足首すら摑めない。以前は胸が太ももについていたのに。

身体をねじる運動は、左側に両腕を振ると腰が痛い。そして我ながら情けなく、驚いたのが跳躍。四回軽くその場で跳んで、次に腕も足も「開いて閉じて、開いて閉じて」というあの体操だ。ジャンプができない。そんなはずない! と思うが、危なっかしくてそこで跳べない。自分の実態を知って泣きたいくらいだった。

そんなバカな、そんなはずないといくら思おうとしても、突き付けられた現実から逃れられなかった。「なんで跳べないのかー?」と夫に向かって言ったが、「齢とったっていうことよ」の一言が返ってきただけだった。

初日が終わり、朝食。いつもは御飯茶碗に三分の一ぐらいがせいぜいなのに、それでは足りずお代わりをした。朝食後、暫く経って私がやったことは、庭の芝生に出ての跳躍だった。まず跳び上がれない。体重は関係ないはずだ。膝の柔軟性がないのか。ここなら転んでも大丈夫だから、とできるだけ高くと思うが駄目。

昔、石けり遊びのときなど「けんけんぱ、けんけんぱ、けんぱ、けんぱ、けんけんけんぱ」と片脚跳び両足着地というのをやっていた。そこで口ずさみながらやった。かろうじてやれるが、片脚で跳ぶのは危なっかしい。それと、ふわふわの芝生はかえって安定感がない。

その日から、安全を確かめながらではあるが、我が家の玄関の階段の最後の一段で、両足を揃えて跳び降りることなどをやってみた。

今回体操を始めてもう一つ思ったことがある。それは左、右の問題だ。教員時代は、児童らの前に立って行うことが多かった。見ている側に正しくやってもらうには、自分はみんなとは逆の右から始めることになった。それが身に付いていて、指示と逆方向へ動かしているのである。そのうちにできるようになるだろう。

今回友人に勧められ、我が家で始めたラジオ体操。三日坊主に終わることなく、半年近くが過ぎた。楽しみながら少しでも柔軟な体を取り戻したいものだ。

最後に、青山敏彦著『最高のラジオ体操』からの引用文を載せておきたい。


そもそもラジオ体操は正式名称を「国民保健体操」といい、「国民が健康になり、寿命が延び、幸福な生活を営むことが出来るように」との目的で一九二八年に制定された。その源流には十九世紀初頭の北欧（スウェーデン）で発祥した「医療体操」という、病気の治療や筋骨の強化、姿勢の矯正などを目的とした体操がある。

長崎の鐘

今年は戦後七十五年、節目の年ということで、各方面でいろいろなことが報道された。広島、長崎の原爆投下に関わるものも当然あった。

私は、古関裕而の自伝『鐘よ鳴り響け』の中の「長崎の鐘」に関わるものに一段と興味を引かれた。広島、長崎に足を運んだことはもちろんある。資料館へも行った。長崎では如己堂にも行った。

長崎医科大学の永井隆博士は、八月九日、原子爆弾投下で奥さんを亡くし、自分も白血病にかかった。そして、息子・誠一と娘・茅乃とともに畳二畳一室の病室兼書斎として作られた如己堂に住まわれたのだ。恒久平和と隣人愛の精神を発信し続けた永井博士。

古関さんの自伝の中に、作曲するまでの経緯が書かれている。サトウハチロー作詞だが、永井博士の著書『長崎の鐘』『この子を残して』等からヒントを得たという。人々は焼け落ちた浦上天主堂の瓦礫の中から掘り出された鐘を「長崎の鐘」と呼ぶようになり、それに対しての鎮魂歌でもあるのだ。

古関さんは作曲するときに、「サトウハチローさんの詞の心とともに、これは単に長崎だけではなく、この戦災の受難者全体に通じる歌だと感じ、打ちひしがれた人々のために再起を願って『なぐさめ』の部分から長調に転じて力強く歌い上げた」と書いている。

確かに口ずさんでみると、そこから雰囲気が変わっているのが分かるはずだ。打ちひしがれているばかりではなく、気分を変えて頑張りましょうということなのだ。希望を持たせる転調ともいえよう。

そして歌うのは、藤山一郎と決まり、彼は体調が優れなかったが、高熱にもかかわらず、格調高くレコーディングが終了し、販売されたのだった。

こよなく晴れた　青空を
悲しと思ふ　せつなさよ
うねりの波の　人の世に
はかなく生きる　野の花よ
なぐさめ　はげまし　長崎の
ああ　長崎の　鐘が鳴る（注）

自伝の中にはまだまだ心に響く言葉が続く。それは、この曲を放送で聞いた永井博士から、筆書きの流麗な手紙の中にあるという。

唯今、藤山さんの歌う、長崎の鐘の放送を聞きました。私たち浦上原子野の住人の心にぴったりした曲であり、本当になぐさめ、はげまし明るい希望を与えていただけました。作曲については、さぞご苦心がありましたでしょう。この曲によって全国の戦災荒野に生きよう、伸びようと頑張っている同胞が、新しい元気を持って立ち上がりますよう祈ります。

長崎　永井　隆

その後、終戦記念日には、マリア像を描き、短歌を添えたものが届いた。

原子野に立ち残りたる悲しみの
　聖母の像に苔つきにけり

新しき朝の光のさしそむる
　あれ野にひびけ長崎の鐘

注　「長崎の鐘」　一番の歌詞
永井隆の手紙文
『鐘よ鳴り響け』より引用

私は改めて永井博士の娘・筒井茅乃著『娘よ、ここが長崎です』を書棚から出してきて、読み始めた。

初代宮崎県民歌

戦後七十五年経った今年、令和二年、ＮＨＫの朝の連続ドラマで「エール」と題した作品の放映が始まった。

これは、作曲家としてその名を知られた古関裕而とその妻を主人公としたものだった。なかなかヒット曲が作れない苦難の日々が描かれている。コミックドラマを見ているような感じで、古関さんの子どもたちは自分の父親がこのように扱われて恥ずかしいとか、情けないとか思ってないかと、気の毒に思うこともあった。もちろんそのうちヒット曲が出始めるのだが。私は、古関裕而の自伝『鐘よ鳴り響け』を買い求めて読んだ。ヒット曲「船頭可愛や」の前に、早大の応援歌「紺碧の空」も作っている。これはドラマでも取り上げられていた。

古関さんは五千曲にものぼる作曲をし、そのうちの四千曲ほどは校歌や応援歌、社歌の類いだという。

七月一日付の宮崎日日新聞に、「朝ドラ『エール』古関さん作曲　幻の初代県民歌いずこ」という記事があった。昭和九年制作だという。

これは「神武東遷二六〇〇年」記念事業の一環として制作されたもので、歌詞は公募され、桑原節次さんのものが採用された。コーラスグループ「デューク・エイセス」の元リーダー、谷道夫さんの祖父に当たる人だというからびっくりだった。

県民歌は三番まであるのだが、一番の歌詞、

白雲(しらくも)なびく　山の幸
黒潮よする　海の幸
千里の沃野(よくや)　天恵(てんけい)の
無尽(むじん)の宝庫　吾(わ)が日向

は、現在の宮崎県民歌の一番に通じるものがあるように思った。

青い空　光ゆたかに
陽に映えて　におう山脈(やまなみ)
黒潮岸に　あたたかく
南の風の　さわやかに
夢をよぶ　幸をよぶ
ああわが郷土　宮崎県

私は初代県民歌の二番の歌詞が気に入り、誇らしい気持ちになった。

そして七月十九日、さらなる情報が掲載された。レコードを所有している人が見つかったという。「聴いてみたい」と思った。

早速、県広報課戦略室に電話を入れた。

「どこで聴けますか」と尋ねると、今準備中で……と言われたが、県のホームページになると思われますとのことだった。私は、いつかテレビニュースで流れるかとも思ったが、雑事に追われ、台風の事前事後であったことも重なって、時が過ぎていった。

生活が普通に戻ったある日、私はスマホで「宮崎初代県民歌」と検索した。すると、宮崎県庁を正面から撮った写真が出てきて、「この度、曲の管理者である日本コロムビア㈱様のご厚意により、ホームページでの公開が可能となりました。当時の宮崎を感じることができる貴重な資料です。ぜひお聴きください!」とあった。

「もちろーん」と私は口に出し、矢印をタップした。歌詞も下の方にしっかり出てくる。力強く、元気良く、意気高揚という感じ。行進曲バージョンというのもあった。こちらはプレイヤーの上でレコードのSP盤が回っている写真で、歌っているのは伊藤久男さんだと知った。

紀元二六〇〇年を祝って作られたものだからだろう。力強い感じで流れていく。今はスマホでも聞くことができる。一度聞いてみてと勧めたい。

迷った挙句

時折、宮崎日日新聞の読者投稿欄に原稿を送ることがある。その際当然、住所、氏名、職業を書く。そしてもう一つ忘れてならないのが年齢である。だから、隠したくても周囲にバレバレである。

投稿すると、採用されることを願う。これは皆同じだろう。一週間後あたりから、出ていないかなーと気になり始める。新聞を手に取ると、まず投稿欄のページを開いたりもする。

普段は「若い目」という児童生徒の欄も同じページにある。ところが日曜日は全面児童生徒欄となるのに、そこでも忘れて開いてしまい、「今日は違うよ」と自分をたしなめながら、今回もボツかなあと思い始める。

が、投稿後一カ月近く経って掲載されたこともあるので、望みを簡単に捨てるわけではない。とはいっても、さすがに一カ月も経つとダメだったのね、と諦めるのだ。

今回八月三十一日に投函。いつものように一週間後の朝、気になり始めそのページから見た。ない。安倍首相辞任と銘打った文が数編載った日もあったが、私の内容は政治にかかわるものでもなく、かといって世の中で話題になっている事柄でもなかった。

十日近く経った九月九日の午前中、図書館に返本に出かけ、ついでに買い物を済ませて帰宅した。すると、電話の留守電に録音されている表示が点滅していた。誰だろう、何だろうと聞いてみると……。

「宮崎日日新聞の窓欄担当の者です」とのこと、「えっ」。番号が記録され表示されるのでこちらからかけた。が、あらためてかかってきた。内容は、投稿者の年齢が書いてないのだが、ということだった。

（あー、結局書かなかったんだ私）と書いていない事実を知った。そして言い訳がましい弁解が始まったのである。

原稿を書いた日はまだ七十九歳だった。しかし、誕生日が来てから掲載となると八十歳になっている。さあどうしよう、私は迷った。九月六日を過ぎて掲載となると八十歳だ。私のことをよく知る人は、齢をごまかしてると言いかねないかも……。どうしよう、七十九にするか八十にするか。迷った挙句書かずに投稿したらしいのだ。

「すみません。九月六日が誕生日で、今年は台風10号というビッグプレゼントを貰ったのですが、書くときには迷って」。すると、「お誕生日おめでとうございます」と言われたのだ。嬉しかった。そして、さらに続けて「分かりました、じゃあ八十歳でいいですね」と言われた。「はい、よろしくお願いします」電話を切った後、「よし、二、三日のうちに載るなー、やったあ」とこぶしを上げながら一人で笑った私である。ちなみにその日の運勢は「誕生月の吉日、周囲から祝福が続々」とあったのを思い出した。

傘寿　令和二年の誕生日

令和二年九月六日、八十歳の誕生日を迎えた。傘寿と呼ばれる節目の日だ。最近はコロナ禍や熱中症で世の中騒々しく、さらには、インフルエンザの予防接種の話も出てきた。

しかし、それよりもっともっと大変で、怖いのが台風だった。まず台風９号である。「大型で非常に強い台風９号は二日、本県を風速十五メートル以上の強風域に巻き込みながら東シナ海を北上した」と報じられた。

そして次が台風10号である。これは「特別警報級か」と見出しにあった。９号が二日に東シナ海を北上したのだが、追いかけるように二日に日本の南の海上を進んだ。そして六日から七日に奄美から西日本にかけて接近、上陸の恐れがあるというのだ。恐ろしいことにそのころには「非常に強い」勢力になる可能性があるという。

誕生日が来るからといって昔のように旅行はもちろん、外食の予定もない。しかし、ドキドキヒヤヒヤしながら迎えたくはないのだ。

四日、紙面では「最大級の警戒を」と呼びかけていた。特別警報級の猛烈な勢力に発達し、六から七日に九州へ接近、上陸する恐れもあると記している。気象庁による説明も幾度となく放映され、「今までに経験したことのない」という言葉を幾度となく聞かされた。

私は幸いなことに、今まで台風での大きな被害に遭ったことはない。実家の周囲の樹木や竹が倒れたり垣根が壊れたりしたことはあったが、川の氾濫、堤防の決壊という類いのものは経験していない。

台風の動きが気になったので、テレビはNHKをつけっぱなし。説明をする気象庁の課長も顔なじみになりそうだった。そして決まり文句ではないが、「今まで経験したことのないような風、雨が予想される」と伝える。警戒心を強めるようにという狙いだろうと思うが、私には恐怖心をあおっているようにも思えた。被害が出たときに「ほら、だからあのときに言ったでしょ」と言われそうでもある。

台風に関する事柄が終わると次は、総裁選の三人の顔、その日の動きなどが報じられた。彼らにとっては、台風より自分の周囲のことが気になるだろう。しかし、私にとっては命がかかっている台風の方が大事である。ただ、九州を直撃するということなので、あの人たちにとっては台風どころではないのかもしれない、などとひがんだりもした。

私の携帯電話には、宮崎市の防災メールが入るように設定しているのだが、二日には五回のメール。これは9号の避難情報。四日は天気の週間予報、五日になると四回、竜巻注意情報。六日になると二十四回も送られてきた。机の上で間隔も置かずに着信音が鳴る。たまには「またあ？」なんて言いながら開く。考えてみたら即刻教えてもらえるので感謝すべきなのに。

すごく嬉しくありがたかったのが、五日の夜のことだった。台風の情報を見ていると、突然「ドーン」という音が聞こえた。そして小さいながらパチパチパチと。「ん？　あなた、花火かな」と言うと、「そうじゃわ」という言葉を最後まで聞きもせずに私は、二階に駆け上がった。

コロナ禍で人が集まることが許されないので、業者さんがボランティアで、場所も明らかにせず、土曜日の午後八時から花火を上げてくださっているのは知っていた。

そのことを喜んでの新聞への投稿文もあり、先を越されたなんて思ったりもした。後日、一般の人に寄付金を呼びかけておられる、ということも知った。しかし私は、申し訳ないことに応じていなかった。

それなのに、九月五日の夜八時に花火が上がったのだ。二階のベランダに出て、どこで上がっているのかと見廻すと、なんと、毎年宮崎市の花火大会が行われる場所だ。何故分かるかというと、毎年実施されるときにベランダで缶ビールなどを持って見るからだ。仕掛け花火は音だけだが、打ち上げ花火は打ち上がっていく一本の線、そしてそこでパーッと円形に開くと雄大で美しい。それを見て思わず手を叩き、「わあ、きれい」と発していた。前方に見える住宅の屋根、電柱の脇ではあるのだが、十分堪能できていた。

その日の花火も華やかだった。赤、黄、青、金色、色とりどりの輪が広がって降るように一直線に下へ向かう。「わあ、すごーい」またありきたりの一言。そして十五分近く経つと、最後の仕掛け花火らしい。光の反射とバリバリバリバリという音がして終了となった。

缶ビールは夕食時にもう飲み終えていたが、ダイニングに戻り「もう一本!」と言いたかった。夫に「きれいだったよ」と言う。「よかったね、お前の誕生日の前夜のプレゼントだ」という言葉が返ってきた。台風の動きから目が離せないはずなのに、十五分間別世界だった。そして……。

大型で非常に強い台風10号は六日北上して九州へ接近した。本県は午前に強風域、午後は暴風域に入り、各地で大雨や暴風となった。県によると、午後九時までに都農、川南町を除く二四市町村の46万８８９３世帯１００万３４７５人に避難指示・勧告が出され、宮崎日日新聞のまとめでは、同八時までに１万１８４２世帯２万２６３６人が避難所に身を寄せた。暴風や大雨は七日朝まで続き、降り始めからの総雨量は８００ミリに達する恐れがある。宮崎地方気象台では、土砂災害や河川の氾濫に厳重な警戒を呼び掛けている。

（九月七日宮崎日日新聞の一面トップ記事）

八十歳、傘寿祝いの誕生日は、静かに家にいるうちに過ぎていった。周囲の家々は早々と雨戸を閉めていた。が、私たち二人はいつも、うっとうしいよねえ、と夜寝る寸前までガラス戸だけだった。窓からは激しく揺れるイペーの枝が見えるし、高台にある大きな樹木の枝葉が左右に大きく動くのを見て、随分風が強くなったねと言ったりした。時には、真っ白にけぶらせて通る雨を見、暫くすると近所の側溝から噴水のように噴き上げる水も眺められた。しかし、これもひと時で過ぎていって、夕食の時間となった。

夜は、夫と二人だったが、大好きな宮崎牛ステーキを横にビールで乾杯。八十年病気らしいものもせず過ごせてきたことに感謝した。台風10号という思いがけないビッグプレゼントもあったが、今日からの一年を大切に過ごしていきたい、と風の音を聞きながら思った。

喜ぶべきことか

二階に上がってから、えーと私なにをしに上がってきたんだったかな？　と思ったり、物や行事の名前、挙句の果てには人の名前が喉元まで出ているのに「えーと、うーん」と言ってしまったりする私。さすがに眼鏡をかけているのに、どこにやったかなと探すところまでは進んでいない。物忘れだけではない。視力聴力、運動能力の衰えが著しい。

それに比べると、三歳年上の夫は、視力も聴力も段違いにいい。ほとんど同じものを五十年以上食べてきているのだが、生来持っているものが優れているのだろう。たまには「いいねえ聞こえて……。もう少しボリューム上げてよ」と言ったりする。

ところがところが、数日前。私にとって嬉しい出来事があった。夫は左手小指の爪が縦に割れて、仕事するのに障りがあるという。普通の傷絆創膏では指先を覆うのが難しいので、幅三十八ミリのコットンテープを使うようになった。これは医療用ではないので、ただその部分を覆うのみのものだ。指サックみたいなものもあるのだが、ピタッとしたものが仕事中にも使いやすいので、とそれを活用していた。

貼るのは小指なのだが、四カ所ほど切れ目を入れるために、中指にテープを乗せ、そのあと小指に貼る。さらに剝がれるのを防ぐために指の付け根を別のテープでぐるっと巻くのだと言っていた。

畑仕事をはじめとして、終日付けたままでいる。夕食の前には、生成り色のテープも相当汚れているようだ。そしてやおら剝がしてその日も爪の様子を見ていた。

ところが数日前、テープを剝がしながら笑い始めた。テープを貼るのも剝がすのも一人でやるので、それまでじっくり見たこともなかった。そのうちに夫の声が聞こえてきた。「あー、俺も齢じゃわー。小指に貼らにゃいかんとに、中指にずーっと貼っちょったもんじゃがー」「えー、それで一日大丈夫じゃったとね」と言いながら、笑いを止めることはできなかった。

夫の手違いを笑っちゃいかんのに、心の底で「あー、う・れ・し・い」と言っている私がいたのである。でも中指で一日OKだったということは、小指はもう貼る必要がなくなったということだろうか。それなら嬉しい。

人に迷惑をかけない物忘れや出来事は齢のせいにしてもいいかもしれないが、いま一度気を引き締め、これ以上の老化を防ぎたいものだと思った出来事だった。

敬老の日を受け入れよう

今年は敬老の日を、自分も該当すると素直に受け入れた。

敬老の日は日本の国民の祝日の一つである。日付は九月の第三月曜日。平成十四年までは毎年九月十五日だったが、翌年から現行の規定に代わった。

昭和二十三年七月施行の祝日法第二条によると、「多年にわたり社会に尽くしてきた老人を敬愛し、長寿を祝う」ことを趣旨としている。また孫たちが、大好きなおじいちゃん、おばあちゃんに「これからも元気でね」「いつもありがとう」と伝えるとも。

今年の宮崎日日新聞に、「六十五歳以上最多三六一七万人、『団塊の世代』全員七十代に」と見出しにあった。さらに六十五歳以上の高齢者は前年比三十万人増で、過去最多を更新、総人口に占める割合も過去最高になった、とあった。これは世界で見ても突出している。

私は昭和十五年生であり、今年八十歳。いわゆる傘寿だ。今まで子や孫が敬老の日のお祝いは？　プレゼントは何がいい？　というたびに「あーちゃんは、まだ年寄りじゃないから大丈夫」と言ってきた。私の呼び名も「ばあちゃん」と呼ばれるのが嫌で、初孫誕生のときに、「ば」を抜いたのだった。

が、最近は開き直れるほどの自信がない。髪は薄くなり、皮膚は重力に耐えられずに下がる一方、手の甲には血管が浮き出て自分で見ても手を引っ込めたくなる。視力、聴力の衰え、挙げたらきりがない。

また、二階に上がって、あれ、私何しに来たんだっけ？　と思ったり、あの人の顔は浮かんで、名前が喉元まで出ているのに出てこなかったり。あの、えっと、その、この……指示語ばっかりで言葉にならないことが多くなったりしてきたのだ。

サプリメントの宣伝などで、オメガ脂肪酸が減ると云々と言って、購入を勧めたりしているが、それに頼るつもりはない。じゃあどうすればいいのか、これまた即答はできない。

誰でも健康長寿を望んでいると思う。もちろん私も例外ではない。それを叶えるためには、毎日身体を動かし続けること。そして得られる「持久力」と「生きがい」だとあった。

夫は私より三歳上だが、ほぼ毎日農作業が当たり前のように過ごしている。畑づくりだけではない。時季によっては椎茸の原木を切り、駒切りにして井の字型に積み重ね、一年寝かせてあったものを起こして竹を組んで作った場所に立てかける。太いものは相当重い。

また、ハウスを組み立て、ビニールやネットをかぶせることもする。さらに時期が来ると四反近くの場所を草刈機で払う仕事も十日ほどかけて済ませる。

世の中には、高齢者でも現役で商店や工場の切り盛りをする人たちが、大勢いる。これらの人は農作業をする人と同じで、基礎体力があるのだと思われる。これは、身体だけでなく、「心の持久力」も含まれているというのだ。これらのことを知り、身体を動かすだけでなく、老いに負けないぞという精神力を持ち続けたいものだと思った。

「あーちゃん」と呼ばせてきたが、明らかに「ばあちゃん」だ。それを受け入れ、敬老の日に祝ってもらえるような過ごし方をしたい、と思った傘寿の敬老の日だった。

五、お化け転じて

私の楽しみ

今日は一三五にしておこうと思ったのに、結果的には三五〇ということになった。いやなったのではなく、したのだった。数字の後ろにつく単位はミリリットルである。そう、ビールだ。

我が家の血統はよく飲む方に入るだろう。そして私は、古稀を過ぎてからなお一層飲むようになってきた気がする。

それまで誕生祝いなどは、近くの居酒屋で中ジョッキ二杯が定番だった。肴には鶏のから揚げ、チキン南蛮、刺身の盛り合わせ、サラダ。夫はビールで乾杯した後は専ら焼酎。ロックにしたり、水割りにしたり。私は焼酎は飲まない。いや飲めない。焼酎入りの甘いカクテルは、ビールの後で口にすることはあった。

我が家では夫がほぼ三六五日、夕食時に飲み始める。夏場の開始時刻は午後四時半ごろ。そのころ食卓に並べられるのは、刺身ぐらいなのだが、夫は、「ここら辺にあるもので飲むから、刺身はお前が飲むときでいい」と言う。したがってメインのおかずは、五時半過ぎに並ぶことになる。

夫の焼酎のつまみは、煎餅、柿の種などスナック菓子の類いである。特にチーズ鱈、通称チータラが好きで手が伸びている。暫くして、やおら肴らしきものを置き始める私だ。鯵の塩焼き、二種の刺身の盛り合わせ、きゅうりと玉ねぎのサラダなど。これは魚系が並んだ日だ。

私は自分の席に着く前に、卓上の魚を見て「ウーン？」と言いながら冷蔵庫の扉を開け、一三五ミリリットルの発泡酒を出す。それを見ていた夫は「それで足りるとか？」と声をかけてきた。「うん、大丈夫」。そして本格的な夕食開始である。

が、喉が渇いているときは、一三五ミリなんて二口ぐらいでいけそうなときもある。しかし、自分で決めたものだから、お酒を飲むときのようにチビリチビリとなってしまう。焼き魚を口に入れてはその後グビリ。ところが肉が並んだ日となるとこうはいかない。「もう一本」と立ち上がる。「だから言わんこっちゃないが。初めから三五〇にすればいいとよ」。

私は、肉を食べると元気が出る気がする。だから私の誕生祝いに娘はステーキ専門の店に連れて行ってくれたり、自宅に肉が届いたりする。両面を焼いて皿に乗せ、ナイフとフォークを準備して置くのが私のもの、一口大に切ったものを野菜の横に置き、箸で食べるのが夫だ。

もちろん若いときは私と同じだった。が、歯の衰えがあり、今は小刻みにしたものだ。このように私は、主菜副菜を見てから飲む量を決めるという次第なのである。

主菜が肉のときは、三五〇から始める。五〇〇の買い置きはないので、足りないときはプラス一三五である。
いつまでこうやって楽しめるだろうか。

分かるかな

（これって何だろう）

家を出て近くのショッピングセンターへ向かう坂道で、私は呟いていた。初めてではない。今までにもそうなったことがある。そのときも、なんで！　どうして！　と思った。

胸が締め付けられるような想いになり、涙が出そうになるのだ。それは高い高い空を行く飛行機を見上げたときにも起こる。

私は、飛行機を見るのが好きだ。音がすると必ず機影を探す。宮崎空港に着陸するのに我が家の庭の割と近い空を行くのもある。そんなとき、その飛行機会社名を、ＡＮＡだ、ソラシドだ、ＪＡＬだなどと言っている。

一方、庭にいるときや散歩しているときにかすかな音がすると、首をこれ以上曲げられないというくらい後ろにいっぱい曲げて、機影を探す。あ、いた。真っ青な空にキラキラとした姿を見つけたときは超嬉しい。そして私の想像が始まる。どこ行きだろう、外国かな、どんな人たちが乗っているのか、楽しい旅行の人、悲しい出来事で帰省する人、以前私が経験したように、団体で演奏会へ行く人たちもいるかも……など。

気が付くと、行ってらっしゃいと言いながら、肩の近くで手を振っている私がいる。そんなときに急に込み上げてくるのだ。これって何だろう。誰か教えて。

新型コロナの感染拡大が始まり、全てが自粛モードとなった。そして次々に初めて聞く言葉が流れる。ソーシャルディスタンス、クラスター。Ｇｏ Ｔｏを冠にトラベル、キャンペーンなどなど。そして手洗い、うがい、三密を避けようと呼びかけてくる。

自粛を言われてから、橘通りなど街の中心部に出ることが皆無となった。怖がりの私は、引き籠もりみたいになり、今までと大きく変わった生活ぶりなのだ。今までまったくやらなかった庭の草取りや掃除。台所では夜の食事の下ごしらえなど。もちろん洗濯やゴミ出しなど、今までやっていたことも含めてだ。

そんな日々を過ごしていたときに、俵万智短歌賞で、最優秀賞となった高鍋西中の黒木星馬さんの一首が目に留まった。

友達と話せることの幸せを
　教えてくれた新型コロナ

そうだよね、そうそうと思いながらも、胸に刺さるような一首だった。

普段何気なく会話を交わし、それが当たり前になっている。しかし、その会話の場がなくなり、独り、鬱々と過ごす毎日。だから歩いていても、抜けるような青空を見上げていても、胸が締め付けられるような、そして涙が出そうになるのだろうか。そんなときに目に付いた一冊の本の広告。

『1日誰とも話さなくても大丈夫』

コーラスを辞めて話す人なし、コロナでしゃべる人もいない。早速注文した。作者は精神科の医師、コロナ感染が酷かった七月に出版だった。五章に分けてあり、読みやすかった。当てはまる部分もあり、書かれていることをぼつぼつ実践かなあなどと思った。

私は、コーラスグループを辞めてから、集うところがなくなった。友人はそのままいても、コロナ禍のなか集まって、ランチ、おしゃべりの場などというのはない。そして、私が見つけたのは、地区の自治公民館で開かれる「ふれあいルーム」と呼ばれる高齢者のおしゃべりルームだ。

さらに「大塚台を明るくする会」主催では、月二回のＤＶＤ鑑賞会が開かれる。そのほか月一回のイベントデーでは、以前は「懐かしの昭和歌謡」という昭和歌謡をレコードで一度に八曲かけて聞く会が催されていた。懐かしく当時が思い出され、この曲が流行ったころは……と記憶を呼び戻していた。それも四十回、三年半で終わり。今は「朗読会」と称して、漱石、林芙美子、鷗外などの小説などを俳優さんが朗読するCDを聞いている。

毎回楽しみに出かけていて、そこで会話があり、友人ができ、今までと違った話が聞ける。ただこのルームが、コロナのために閉鎖されていたときは辛かった。スマホでメールし合ったりはしたものの、やはり顔を合わせ、お互いの表情を見ながら話すのは全然違う。ルームが再開されたときは、とんで行った。

マスクをつけたままのときもあったが、間隔を置いて席が取れたときには、マスクを外して世間話に花が咲いた。こういう日がずっと続けば（これって何だろう）は消えていくだろうか。そうであってほしい。

引きこもり

約一年ぶりでイオンモール内のセントラルシネマに出かけた。映画好きの私は、よく出かける方だったのだ。が、通っていた文章教室を辞めたこともあり、モールに出かけることがなくなり、情報が入りにくくなった。加えて、新型コロナウイルスの感染拡大が懸念され、三密を避けることも言われ、怖がりの私は、自粛という体の良い言葉に惑わされ、家から出ることが極端に減ったのだ。

セントラルシネマで上映されている映画については、以前は新聞のあるスペースに紹介されていた。しかし、それが掲載されなくなり、今どんな映画が上映されているかも分からなかった。

そんなとき、テレビの紹介で『浅田家』という、ある写真家の実話に基づいた映画のあることを知った。これは、写真集のベストセラー『浅田家』が映画化されたもので、主演は、アイドルグループ・嵐の、愛称ニノ、と呼ばれる二宮和也だった。

映画に行く二日ほど前、NHKテレビを見るともなく眺めていたら、浅田政志の作品と本人が出ていた。この人が浅田家の主人なんだ。家族の写真を中心に撮っている人で、我が家だけでなく頼まれれば県外にまで撮影に出かけるという。ますます興味を持ち、映画を観たいと思うようになった。

七時五十分自宅を出て八時半には駐車場入りした。車はほとんど停まっていなかった。ショッピングモールの開店時刻より早い上映時刻なので、専用の階段から上がる。ところが早すぎて、そこに向かうアコーディオン扉にはまだ鍵がかかっていた。これは初めてのこと、早く来すぎたのだ。車に戻り時間を過ごし、その後やってきて待っていた人たちと一緒に時間外の入り口へ向かった。

階段を四十段近く上がって、チケット売り場へ。まだそこにも赤いテープが張られていて待つこととなった。その先にはチケット販売機が並んでいる。

私は、それを使ったことがない。対人で販売してくれるところへ行く。暫く待って席を指定しチケットを受け取った。以前のものと違い薄っぺらな紙片だ。いつから替わったのだろう。シニア（六〇歳以上）一二〇〇円と印字してある。

時計を見ると、九時十分。上映時刻は九時三十分と思っていたら、九時五十分からだった。近くにある椅子に掛けて時の流れるのを待つ。同じ階の各店舗があるところは、シャッターが降りているので見えない。ただ階下の店はそれぞれ開店準備をしている店員の忙しそうな動きが見えた。私なんて家にいればこの時刻何をしているだろう。新聞を広げているころかなあ。

入場開始十分前になったのでトイレに行く。用を足すのに流水音のボタンを押す。これまた久しぶり、終わったら自動で水が流れた。変に思われそうだが、すごく懐かしい感じだった。私って変？　と思いながらチケットを出して入り口へ。すると、ここもまた今までと違うのだ。係がチケットを手に取ってもぎるのではない。「ここにＱＲコードをかざしてください」と言われたらしいのだが、一度目は分からずぺラペラのチケットを渡そうとした。するとまた先ほどの言葉。チケットを裏返して乗せたが、ＱＲコードの部分がうまく受信機の光っている部分に乗らなかったらしく、ずらされた。そしてやっと通過である。

案内されている四番シネマに入り、指定席に着いた。私は、最上段の席に着くことが多い。それも出入り口に近い方のだ。開始十分ほど前だったが、中央部分には二人連れで隣り合ってる人も多く見受けられた。え？　隣を空けないのと思った。私の左側は一席空いていた。ところが暫くすると右隣に着席してきた女性がいた。もちろんマスクをしているのだが、私は反射的に体を左側に寄せ、少し傾いていた気がする。

薄暗い中でいつものように事前の注意事項やＣＭが流れ、そのうち真っ暗になった。表題が画面に出るとともに、「日本語字幕付き」という表示があった。

私は、数年前より難聴となり、補聴器をつけることが多い。家でのテレビ視聴は、リモコンの「字幕」を押して画面上に出すこともある。ただ、ものによっては字幕が追いかけるように出てきて、逆に邪魔になる。だから事前に入れてあるものに限っている。ただ映画館のものは、もともと音声が大きいので字幕がなくてもＯＫである。今回初めて「日本語字幕付き」の映画を観た。

内容としては、浅田政志を主人公に彼の人生と彼を支えた家族が温かく描かれているものだった。東日本大震災のときには、東北を訪ね、泥や瓦礫の中から見つかった写真を洗い、乾かして、展示し、多くの人がそれらを見にやってくる場面もあった。

「娘の遺体が見つかったが、遺影がない」と父親がやってきた。一緒に探そうとするが、写真がないと娘さんの顔は分からないので、探しようがないのだ。父親に次々に卒業アルバムを渡して、探し当てたという場面もあった。笑いを誘う場面もあったが、反対に涙ぐんだところも多々あった。

映画終了となり、会場が明るくなると、次々に場外へと進んだ。通路で入れ替わりに入ってくる人たちとすれ違った。朝には降りていたシャッター部分を通り、一般の店が並ぶところを進んだ。懐かしくもあったが、初めて訪れたような感じもした。

正午を過ぎていたので、今までならレストランに入り、パスタでも食べるのだが、そのときの私は、ある店に行きたいと歩き続けた。何階だったか、北か南かも分からずウロウロ。そのうち疲れて嫌になり、駐車場へ向かった。幸いにしてそこははっきり分かるのだ。運転席に座るとすぐ発車。とにかく帰りたかった。

帰り着くと食事をしていた夫が、「何か食べて帰ってくればよかったとに」と言った。私は、「疲れたあ。横になりたーい」と言いながら簡単な食事を済ませ、ベッドに倒れ込むようにして寝た。そのときの私は、いつもの私ではないみたいだった。一時間ほどして、やっと私に戻った気がした。

久しぶりのたくさんの人の流れ、映画館での諸々の出来事、それに対しての私の対応ぶり、それらが引き金となって辛かったのだろう。ほんのわずかだが、世にいう引きこもりの人、不登校の生徒の気持ちの一部分、外に行くわずらわしさ、対応のめんどくささ、それからくる「出たくない」「行きたくない」というのはこんなものではないのかと思った私だった。

そして、「これではだめだ」「積極的に出かけなければ」と意を新たにした。が、なかなか実行に至っていない。

宮日女性懇話会——入会のきっかけ

宮崎日日新聞社と宮日文化情報センター主催の会に「宮日女性懇話会」というのがある。

以前から新聞紙上で、会の案内、講師紹介、講演内容の報告などを見て、興味を引かれていたが、そのころの私はコーラス活動をしていたので、参加は無理だった。が、その世界を抜けてチャンスが訪れた。

懇話会は、昼食をその場でとってその後講演を聞く。この会は既に二〇〇回を超えている。私が会に入った動機、それは次の講師が日本語学者で、三省堂国語辞典編集員の飯間浩明さんだったからだ。

私は、辞書ができるまでを取り扱った本や映画を観ていた。さらに飯間さんが、新聞に掲載していた「B級言葉図鑑」という記事を楽しみに読んでいたのだ。だから直接話が聞けるとなったら、どんな話をされるのかぜひ聞いてみたいと入会し、懇話会に行った。それが令和元年十月二日、第二〇五回例会だった。

その日私は、新聞の切り抜き「B級言葉図鑑」を貼ったノートを持参していたので、受付にいた人に見せ、「楽しみに来ました」と話した。すると、飯間さんが会場にみえて演台に向かわれる前に、係の人が私のところに連れてこられ、「この人です」と言われた。

「……ん？」。振り返ると「先ほどの冊子を」と言われたので、すぐ立ち上がりお見せした。

「ああ、これですね。ありがとうございます」と言われ、私は緊張して固まっていた。

そして、最初に講師紹介があり、いよいよ講演だ。演題は「街のことばの楽しみ方」というもので、街の看板などに記された言葉で辞書にまだ載っていないものを見つけたら、記録しておこうといったものだった。

それから実際に使われている例をたくさん集めることを話され、三省堂国語辞典の編纂者であった故・見坊豪紀さんが、記事や広告の切り抜きを一四五万枚集めたエピソードを紹介された。

飯間さんは、街を歩き、見慣れない用語があると、写真に残し、いろいろ想いを巡らせている。例えば、日本語になじんだ外来語、きゃべつ、とまと、いくらなどは平仮名になる傾向があると話された。さらに、「ら抜き言葉」が当たり前になりつつはないかなど。興味をそそられる内容だった。こうして参加の一回目は満足のいく内容で終わり、次回への期待を持つこととなった。

一〇〇パーセント聞きとりたい

私は、「宮日女性懇話会」と「グレイス」という会の会員である。年会費を払うと、案内が届き、講演会や演奏会に出かけるのだ。今年の講師も多くの領域にわたり、グレイスは女優、脚本家、ピアニストなどの名前が挙がっていた。

しかし懇話会の方は、知識の浅い私には、東京芸術大学副学長・シニア生活文化研究所所長など知らない人が多い。だからこそ逆にどんな話が聞けるのかと興味が湧き、楽しみにその日を待つのだが。

コロナ禍の時期に入って食事つきのその会を欠席していた。が、宮崎県立芸術劇場理事長兼館長の佐藤寿美さんの回は出かけた。以前宮崎日日新聞に「いつも誰かが」という題で自分史を連載されていた。その演題での講演だった。

延岡市出身で、ＮＨＫ入社、ＮＨＫ宮崎放送局長を経て現職だ。そして多くの経験談を語られた。

「クローズアップ現代」のキャスターを二十三年間務めた国谷裕子さんのこと、野村克也夫妻のこと。岸恵子さんの話、これはいろいろなエピソードが聴けてとても面白かった。終了した後、本を購入、サインしてもらった。話が聞けて、そのうえ復習するかのように本が読めて幸せいっぱいであった。

改めてこの会の目的を見ると、「みやざきの女性に新しい世界を学んでいただくために開設した」とある。さらに、「女性のカルチャー、クリエイティブ、コミュニケーションへの関心は眼を見張るものがあり、豊かな教養を求め心豊かに生きようと、そういう女性が増えている。そこで好奇心に燃える女性のお手伝い役が懇話会だ」とあった。

このように二つの会に属して、知識を身に付け、多くの楽しいことを経験していた。ところが、最近とみに悩ましい現象が表れている。それは私の難聴である。

私が難聴気味だと思い始めて五年以上経つ。そのころ私は、コーラスグループに籍を置いていた。そして楽しく歌い、おしゃべりもでき、生活も充実していた。

ところがあるときから、席の後ろから話しかけられると聞き取りにくかったり、指導者の言葉の一部が抜け落ちてしまったりし始めた。耳鼻科に出向き、聴力検査をしてもらったところ、「聴力がやや落ちていますが、加齢によるものです」と言われた。

そのときは、加齢を止めることはできないので、受け入れながら生活しようと思った。が、コーラスの仲間には私より年長の人もいたが、そんなことは聞いたことがなかった。私は焦った。なんで私が、と落ち込むことが多くなった。みんなの会話に付いていけず、共に笑うことができなくなっていったのだ。結果、コーラスを辞めた。そして最近は必要に応じて補聴器を付けている。

これは、小指の先ほどの大きさのものに小型のボタン電池を入れたものだ。耳孔に入れる。ボリュームを調整するところもある。聞こえが悪くなると電池交換が必要だ。電池の大きさは直径五ミリほどなので、慌てて交換しようとして落としてしまうこともあった。

二つの会に行くときも持っていき、会場に入る寸前に耳孔に着ける。ないよりある方が聞こえはいいのだが、高級品ではないので雑音も拾ってしまう。流水音、拍手の音……。

ところが先日、グレイスの松坂慶子さんの講演会で予想外のことが起こった。ステージ上に進行役の女性と松坂さんが低い机の前の椅子に掛け、話し始めた。もちろん二人ともマイクを持っている。私は前から六列目にいたにも関わらず、地声は聞こえない。さらに困ったことにスピーカーを通して、声は聞こえても、話の内容がほとんど聞きとれなかったのだ。

せっかく楽しみに来たのだから分かりたいと思った。耳に手をやり、ボリュームを上げようとしたが変わらない。普通上げ過ぎるとピーッと音がするのに、しないのだ。電池を使い切ってしまったというのか。新しい電池に入れ替えずに着けたのがマズかったか。焦りが増す。

バッグの中には新しい電池が入っている。なのに、耳孔から取り出して交換する気になれない。隣の座席の人に、何してるのかと思われるのも嫌。交換の折に、電池を扱い損ねて通路に落としそうでもある。できない。

話は聞きたいのに付け替えることをしなかった私だ。そして時々聞こえる二人の会話から中身を推測しようとしていた。

翌日、新聞に講演会の概略が出ていた。それを読んで私は、五パーセントほどしか聞き取れていなかったと思ったのだ。

なか一週間置いて再びグレイスの講演会だった。これはコロナ禍のため日程がずれてしまってのことである。松坂さんのときがさんざんだったので、どうしようかと悩んだ。話し手は、モデルでタレントのアン・ミカさんだ。テレビで見かけることはあったが、さほど興味はなかった。ただ前回補聴器の準備が十分でなかったので聞き取れなかったが、そこをきちんとやってても駄目なのか、やってみようと思っていた。もしダメなら、来年からの会員募集は諦めなきゃ仕方ないのかも……。

そしてその日を迎えた。会場に入る前に電池交換をして着けた。前回は会場の前の方の席を選んだが、今回はあえて後ろの方、二十一列目にした。スピーカーを通して聞こえやすいかもしれないと思ったのだ。

話が始まった。マイクを片手に演台の前の方に出てきたり戻ったりして話された。そして、前回と違って九五パーセントは聞き取ることができたのだった。

話の内容も多くのことを感じながら聞いたが、翌日の新聞でその会の様子が書かれた部分を読みながら、「良かった、まだ大丈夫だ」。一〇〇パーセント聞き取りたいとひとり笑顔になった。

宮崎を知る

時折、県立、市立の図書館に足を運ぶ。本を借りて読むというのは当たり前のことだが、オープンスペースや特別展示場での催し物を見るために出向くこともあるのだ。

今回は、大河ドラマ「麒麟がくる」の出演者たちが身に付けた衣装や小物、そして写真が展示されているのを観に行った。

朝一番で入ったせいか、係の人もまだ場所にいないというありさま。無料でオープンなのでそのまま入ろうと思った。しかしよく見ると、係の人用の椅子の上に体温を測る計器がある。「測らなくていいんですか」と言うと、「あ、すみません」と駆け寄ってきて早速額に向けて測定、OKだ。消毒用スプレーも置いてあった。コロナのこの時期だから仕方ないと消毒して見始めた。

主人公明智光秀役の長谷川博己さんが身に着けた黄緑色の衣装、医師役の堺正章さんのもの、その他を見て回り、二十分ほどで終わった。とはいっても、そのまま帰るのはもったいない。案内板を見ていたら、二階の特別展示室で『龍舌蘭』の二〇〇号記念展というのがあっているのが目に留まった。上がって会場へ。係の人はいなかったが、順路が示してあったのでそれに従って見た。

『龍舌蘭』は同人誌で、小説、詩、短歌、評論、随想など多くの領域について書かれたものが一冊にまとめられたものだ。創刊が一九三八年で黒木清次氏による。戦中は休刊もあったが、戦後に復活して二〇〇号を迎えたのだ。

私はそこで、一冊の本に出合った。それは「21世紀の子どもたちに伝える『みやざきの一〇〇冊の本』」というものだった。会場中央の椅子の上にあったので腰かけて中を見た。本の存在を知らなかったことを恥

じ入ると同時にぜひ読みたいと思い、その日にその一冊と、一〇〇冊の中で紹介されていた二冊、

『老猿』と『閃光は今もなお』を借りて帰った。

『みやざきの一〇〇冊の本』の初めには、発刊当時の宮崎県知事・松形祐堯氏の言葉があった。そこには、県総合文化公園グランドオープンに因んで「ふるさと宮崎を愛する心」を読み取ることができる一〇〇冊が選定されたと書かれている。さらに「何を読めば宮崎がよく分かるか」を視点にして選定されたことも述べられていた。

この一冊は、大きく分けると、文芸・芸術部門、歴史・社会部門、産業・自然部門に分かれている。いずれも宮崎がよく分かるような内容が、それぞれの分野で書かれたものが選ばれているのだ。

借りて帰った『老猿』は、九州の尾根ともいえる山岳地帯での話。小学二年と三年の男の子があけびの実を見つけて、取りに行く。そこで老猿と出会うのだが、年かさの一人が崖から激流に落ちて死んでしまう。

猿が襲ったのではないのに、大人は襲われたと言い、そこから猪狩りをする猟師、伊助と猿とのかかわりなどに話が進む。これを読みながら、猟はこのようになされるのだと興味深く読んだ。もちろん、伊助と猿との因縁などはもっと興味深かった。

もう一冊『閃光は今もなお』は、宮崎県内に住む広島・長崎の原子爆弾の被害者が、二十五年目の証言ということで書かれたものを一冊にしたものだ。

私は今までにも、被爆者の体験談が書かれたものとして、広島の『原爆体験記』、長崎の『死の同心円』を読んでいたので、その惨状はある程度理解していたつもりだった。

しかし、宮崎県の方々のものとなると、なおさら身近に感じた。「腰が切れ、内臓が出て皮膚が垂れ下がり」などというのは今までにも読んだし、丸木位里、俊夫妻の絵などにも描かれていた。学校の先生だった人の文章の中に次のようなものがあった。「小学生が登校中に列を組んでいたとみえ、将棋倒しになって何十人も死んでいた」。

戦後七十五年の今年、目にして読んだということに自分なりの意味を持った。この中の何名がご存命だろうという思いもした。

私の読書は、このようにある一冊から関連のあるものに広がっていくことも多い。そして次に手にしたのが、黒木淳吉著『帯の記憶』『夕映えの村』だ。遅きに失した感もするが、秋の夜長の楽しみとして知らぬより良いかなどと自己弁護している。

お化け転じて……

我が家は椎茸づくりをしている。原木となるクヌギの木を切り倒し、さらにそれを駒切りと呼ばれる一メートル二十センチほどの長さに切る。そして井型に積んで、一年から二年、いわゆる一夏か二夏寝かせる。その後、竹を組んで作ってある場所に立てかけていくのだ。

私は、クヌギの木を倒すときに立ち合ったことがある。それだけではない。息子と行った年に、クヌギが他人の畑に倒れ込まぬよう、二人でロープを引っ張ることをした。しかし、思うようにはいかず、倒れるのを見て、私はロープを手放した。が、息子はロープを持ったまま横に飛ばされ、肩の剝離骨折をしたことがある。

私は、コマうちもした。夫がドリルで開けた穴の中に、コマと呼ばれる菌の入ったものを木槌で打ち込むのだ。私の友人には、コマを打ったところにだけ椎茸が出てくると思っていた人もいた。そうじゃない。原木の中に菌が広がっていくのだ。

このような順序で仕事をし、椎茸ができるのだ。初めは小指の先くらいの大きさで出てきたものが、見た目も美しい直径九センチから十センチくらいになると、もぎ取るのである。

ただこの椎茸は私たちが住んでいる家から車で四十五分ほどのところで育っている。それで、収穫全盛期には毎日行かないとひどいことになる。ひどいことというのは、「お化け椎茸」になるのだ。その直径たるや十五センチ近くあるのだ。

そんなものが十個以上取れる日もある。というのも雨の降った日に用事があって行けずに翌日行くと、お化けになっている。

我が家では「お化けになっているね」というのが普通だったが、今回、お友達に大きいのを数枚あげたら、お礼のメールとともに素晴らしいプレゼントを貰った。

椎茸を持って行ったとき、ちょうどお孫さんがみえた。私が帰った後、袋の中から椎茸を出したら、四歳で幼稚園生であるお姉ちゃんの方が、「わあ」と声をあげ、「シンバルみたい！」と言って、軸のところを握り「ジャーン」と演奏するみたいに打ったのだという。

私が思うに、きっと幼稚園でシンバルを打った経験があるのだろう。さらに二歳の妹さんの方も、お姉ちゃんの真似をして喜んでやっていた、ということを知らせてもらえた。

私の友人であるおばあちゃんは、「ジャンボ椎茸」と書いておられたが、今まで私たちが命名していた「お化け」より「ジャンボ椎茸」でも素敵なのに、「シンバル」とは……。私は、今までにない比喩表現に嬉しくなって、「素晴らしい感性ですね。比喩表現も凄い。文章を書くときに使わせてもらいますね」と言った。

そうしてこの一文が生まれたのだ。

年賀状あれこれ

「あけましておめでとうございます。

一年で一番初めに届く大切な贈り物『年賀状』をお届けいたしました」という挨拶文とともに、令和三年の年賀状が届けられた。

私が年賀状を書いて出し始めたのはいつだったかはっきりとは覚えていない。令和二年十一月、年賀はがきを購入した。投函受付は十二月十五日だ。

準備として裏面をパソコンで作るので書店へ向かった。そして一〇〇ページほどある一冊の本を手にした。賀状の数多くの例が挙げられている。定番、和風のところを見て決めた。一枚のＣＤに収まっているので説明書きを見ながら進めていく。

今年も差出人名は三種類だ。夫、私、そして夫と私の連名のもので、私のものは昨年まで絵柄を三種類にしていたが、今年は一種類のみである。

新年の挨拶の横に添え書きと住所氏名を書くのが私のやり方である。早く言えば宛名を私が作れないからかも。

今年の添え書き、それは次のようなものであった。「月日の経つのは早いもので、私も傘寿となり、いろいろとできないことも多くなりました。そこでこれを区切りとして新年の年賀状でのご挨拶を卒業させていただくことにいたしました。誠に勝手ながらお許しくださ い」。夫と連名のものも似たような内容で、「二人とも傘寿を過ぎたこと、今年でもって年賀状でのご挨拶を卒業させていただく」というものだ。

九十歳後半になられても賀状をくださる方はおられる。年に一回の賀状でもってお互いにその無事を確かめるという場合もあった。

私も例外ではない。私の小学二、三年のときの担任の女の先生、小学

四、五年のときの男の先生、中学一年のときの男先生等。しかしこれらの恩師とは年賀状以外に電話やお便りをし、お会いすることもあるのであまり罪悪感はない。

裏面が完成すると、宛名面だ。以前住所録を作り、パソコンに保管してある。ところが、私の処理能力のなさだろうが差出人が三通りあり、加えて喪中はがきが届いて、出せない方も出てくる。そうなると、印刷する、しないに分けるのが私にとっては難題だ。

そこで、手元にある住所録を基に、筆ペンを使って一枚ずつ書いていくことにしている。さらに添え書きの横にボールペンなどで一言書き加えるのも私のやり方だ。

印刷のできる人からしたら、時間もかかるだろうに何やってるの、教えてくれる人はいないのと、呆れられそうである。

そして年賀状受付の初日に一五〇枚ほど投函した。ところが、困った状況が必ず起こる。年賀状を出した後から喪中はがきが届くのだ。まだ投函してなくて、書いて置いてある人から届くこともある。これは出すのを辞めざるを得ない。

さらに今回はもうひとつ考えなければならないことがあった。喪中の方には、今回が最後という賀状を出していないのだから、次回いただくことになるだろう。したがって早めに令和三年で辞めたことをお知らせしなきゃということである。

ある日、大学の先輩に、今年で年賀状を終わりにする旨を伝えた。そして年賀状の話が弾んだ。彼女は、自分宛てに賀状を出すという話をした。文面の添え書きに「○○子、ガンバレ！　健康が一番だよ」と書いたりするというのだ。私は今まで自分宛てに出したことはない。彼女は続けた。二十六日に出したら一日には届いたという確認もしたそうだ。一日に出したら着いたのは六日とか。

年賀状にまつわる話は、多くある。同じ人から二枚届いたり、添え書きが前年度と一字一句違わずに来たりする。でも年賀状でつながっていた人たちだ。寅年は寂しいだろう。
皆さん長い間本当にありがとうございました。

九州新幹線初乗車で広島へ

私は普段、バス、電車に乗ることがほとんどない。市内バスはもちろん、県内を走るバス、電車に乗る機会がない。というか遠いところに行かないのだ。軽自動車を運転して買い物に行ったり、近場に出かけたりはする。以前コーラスグループにいるときは、貸切バス、電車、飛行機での県外国外の旅などもあった。

そんな私が、令和二年十二月、ＪＲ九州新幹線を利用して出かけることになった。行き先は広島。息子が立ててくれた計画にのっとり、切符を買いに行った。

まず宮崎駅から高速バスに乗車、行き先は新八代駅だ。始発の場所からの乗車は、私たち夫婦と女性一人の計三名しかいなかった。その後都城から一人、そのあとは乗車する人がなくて停まらないバス停もあり、最終人数は八名。車内の話し声はほぼゼロ、話せるのは私たちだけ。これで採算が取れるのだろうかと懸念したりもした。

　バスの中からの風景が懐かしかった。霧島連峰を裏側から見るのも何年ぶりだろう。以前は夫の運転する車で、山口、広島にも行っていた。暫くすると、右手にえびののループ橋が見えてきた。私は、夫の肩をたたき、指さして「ほら、あそこも登ったよねぇ」などと懐かしんだ。

　霧島から人吉へ向かう長いトンネルを抜けたら、今まで見たこともないような一面の霧。「国境(くにざかい)の長いトンネルを抜けると雪国であった」という書き出しで始まる有名な小説があるが、全くの異様さだった。下に見えるはずの家々はない。私にとっては初体験だった。

　新八代駅で降車。新幹線の乗り場は？　と見廻す。視線を上に移すと、時刻案内を伴ったものが見え、その下には改札口があった。あ、ここを上がるとホームなんだとホッと安心。夫に切符を貰い、さて、と思う。

改札口で駅員がパンチするわけではない。「私、聞いてくる」と駅員のいるところに歩み寄る。一枚ずつ入れるのか、二枚重ねて入れるのかだ。そんなことも知らないのと笑われるだろうが、間違えて切符が出てこなかったら困るのは私だ。そして、二枚入れることを確認して、改札口に進んだ。すると切符を通すところに「二枚重ねて入れてください」とあった。聞きに行ったことが恥ずかしかった。

新幹線は四号車、指定席だ。どこに止まるのかとホーム上に書かれた案内で確かめる。時間が来た。細長い運転席のある先頭車両が通り過ぎた。乗り込むと空席が目立つ。並んで席に着いたのは私たちだけだった。あとは、男性の独り姿があちこちに見られた。

動き出した。スピードは速い。窓外に眼をやってもなかなか景色は楽しめない。家々の近くは、防音壁のため見えない。そしてトンネルが多い。忘れたころに遠景として町らしき姿も見られたが、そのあとまたトンネルだ。

車内には時折、次の停車駅の案内が流れるのだが、日本語、韓国語、中国語、そして、男性車掌からの案内と続き、うるさい感じもした。ただコロナ禍に見舞われていなかったら外国からの旅行客が多いのだろう。広島が案内された。私は、迎えに来てくれると言った孫娘梨花子にメールを入れた。出口がいろいろあったら、どの出口から出たらいいのかと思ったからだ。直ぐ返信があり「そんなにないよ」とのこと、ほっとした。

降りて出口へ向かう。すると、二人の姿が見えた。思わず大きく手を振った。そして切符を入れ駆け寄り、「ありがとう！」とハグ寸前の私だった。五時に起床し、高速バス、新幹線と乗り継いで、十一時五十分無事に広島に着いた。

孫娘梨花子の夫、潤弥さんが私の荷物を持ってくれ、駐車場へ行く。素敵なブルーの車だ。彼はマツダの社員で当然車種は自社のもの、そしてミッション車ときた。梨花子も急遽練習し、今は乗りこなしているという。

到着したのが昼食時で、お昼をどうしようかと車中で話し合う。広島といえばお好み焼きだが、その店は専門店だし、とても食べきれる量に非ずということで、定食屋さんへ入った。三十種以上のメニューからそれぞれ選んでチケットを渡す。セルフサービスなのだが、そこでは潤弥さんが私と夫のものを運んでくれた。とても優しく、思いやりがあるのだ。これまでにも宮崎に来たことがあり、我が家で食事を一緒にしたりもしたので、その優しさは実証済みだ。

彼らは、二〇一九年の暮れに入籍を済ませて一緒に住んでいる。一年経った今、結婚式を挙げるというので私たちはやってきたのだった。

昼食後からホテルへのチェックインまで時間があるということで、中心地を車で回ってくれた。原爆ドームの近くを通った。ここは今、修復中で鉄筋が組んであったが、建物は見えた。

さらに梨花子の勤める病院の前を通るとき、彼女は「この病院の六階で働いているんだよ」と言った。コロナ禍の今、医療従事者は大変だろうと思ったが、詳しくは尋ねなかったし、彼女も話さなかった。

ホテルに着くと、当然のように受付には梨花子が行ってくれた。カードを渡された。八階だったが、エレベーターに乗り、カードをかざして八を押さないと八階には行けない。セキュリティの関係だ。

二人で部屋まで荷物を運んでくれた。ビジネスホテルということだったが、思ったより素敵で過ごしやすそうだった。

「じゃあ明日を楽しみにしてるからね」

私は、梨花子が赤ちゃんのころから近くに住んでいてその成長ぶりを見てきただけに、あのリーちゃんが……という感じで、明日の花嫁姿が楽しみだった。

私の思いには気付く風もなく、二人は手を振って部屋を出て行った。

幸せサプライズ・嬉し恥ずかし

「新婦の梨花子さんはお色直しのため一時退場されます。エスコートは、梨花子さんのおじいさんとおばあさんにお願いします。御二方どうぞ前においでください」

私たちは披露宴で中武家のテーブルにいた。一瞬「ん？　なんて言った」と思い、進行係の方を見た。周囲にいた娘や息子に「ほら、行かなきゃ」と促され、夫とともに中央に進む。そして花嫁の両側に立った。

すると、「では一言ずつお願いしましょう。まずおじいさんから」と、マイクを夫に渡された。私は、夫以上にドキドキしていた。大丈夫かしら、しっかり話せるかしら、と。夫の言葉が一応終わり、次は私。梨花子がオーストラリアに住んでいたころの話を中心に少し話して終わりにした。

皆さんの拍手の中を宴会場の中央を通り、出入り口へと向かう。花嫁のドレスの裾が長いので、付き添いの人がしゃがんでそれを扱ってくれた。「ここで回れ右して、会場の皆さんに一礼をお願いします」と小声で言われ、そのとおりにする。このとき、以前これと全く同じような役目をしたときのことを思い出した。

それは、私が六年生で担任した女児の結婚式のときのことだった。これも今回と同じく事前には何の話もなく突然だった。後で花嫁に、「びっくりしたよー。でもとっても嬉しかった。ありがとう」と言うと、「喜んでもらえてよかったです」という言葉が返ってきた。結婚式に招待されただけで望外の喜びだったのに、一緒に歩けるなんて。彼女は今では二児の母となり、年賀状でその姿を見せてくれている。

退場して「リーちゃん、びっくりしたよ。でもすごく嬉しかった。ねえ」と夫を見ると、やっと緊張がほぐれたという感じで頷いた。すると、

「よかった、遠くから来てくれてありがとう」の言葉が返ってきた。

梨花子がお色直しをして席に着くまでに私は、潤弥さんのご両親に挨拶に行き「よろしくご指導ください」とお願いした。長男の嫁になったわけではないけど、広島県にお住まいなので、宮崎とは年中行事、特にお盆やお正月の過ごし方は違うと思い、教えてやってほしいと願ったのだ。後で、祖母の私が出過ぎたことではなかったか、とも思ったが……。

その後、テーブルごとの写真撮影等があって、最後に双方の両親に並んで立ってもらい、花婿、花嫁からお礼の言葉、花束贈呈が行われた。梨花子の母親、私の娘はハンカチが離せなく、天を仰ぐかのような仕草が多く見られた。胸中、複雑な思いもありながら、娘の幸せな姿を見て、感極まっていたようだ。

無事に結婚式を終え、宮崎に戻った日から、広島の新型コロナの感染者数が増加の一途をたどった。私たちも帰って二週間は自宅待機で自粛の日々を送った。披露宴参加者の中から一人も感染の疑いのある人は出なかったと聞き、ホッと胸をなでおろしたのである。
梨花子が言った、「一週間遅れたら結婚式はできんかったと思うわ」。
幸いにして予定どおり、計画どおりの結婚式ができてほんとによかった。
潤弥さん、リーちゃん、幸せになってね。

あとがき

二十数年前、私は下手の横好きで文章を綴っていました。ある日、宮崎日日新聞のカルチャーセンターで宮日出版編集実践講座（自分史講座）というのがあるのに気付き、文章をまとめるスタートとして申し込んだのです。

講座は鶴ヶ野勉先生、講座生は十四名でした。「書くこと」で自分の人生を再認識していったのです。そして一年経って講座生で『わだち』を出版、二〇〇一年のことでした。その後、私単独の自分史『だんだん服』を出版しました。二〇〇六年のことです。

文章を書いたら、誰かに読んでもらいたいと思うのが普通でしょう。発表の場が欲しいものです。それまでの私は、「西都茶の間会」

や「都城茶の間会」の会員となり、それぞれの文集『まどい』『さざんか』、そして宮崎県教職員互助会の『しゃりんばい』へ掲載してもらい、また、新聞への投稿などもしてきました。

その後「詩とエッセー」という講座に参加しました。講師は詩人でもある杉谷昭人先生です。月二回作品を提出して添削されたものが手元に貯まると、おこがましくも自分の作品をエッセー集として出したいと思うようになりました。そして先生に相談して出版することにしたのです。今までに四冊を上梓してきました。

日々何気なく過ごしていても、心に残る出来事はあります。興味関心を持ったこと、立ち止まって考えたことなどです。たまにはキラッと閃いて「あ、このことを書きたい」と思うこともありました。

今回は令和二年十二月までの出来事を載せています。が、年・月は順を追っていません。したがって時が前後している個所もあります。題材は前回までと同じく、日常の私や家族のこと、そして私の考え方、諸事に関する感想を書き綴りました。

読者が「あ、あるある」と頷いてくださったり、「えー？　そんなことがあるの」と驚いたり呆れたりされることも嬉しいものです。

書名は、毎回悩みの種です。前回は『夫へのラブレター』だったのですが、今回は孫娘の結婚式に参加してサプライズがあり、嬉し恥ずかしでした。そこから書名を決めました。

出版にあたっては、杉谷昭人先生、鉱脈社の川口敦己社長をはじめ編集者の小崎美和さん、その他大勢の方にお世話になりました。

心から感謝します。

本当にありがとうございました。

令和三年六月吉日

［著者略歴］

中武 千佐子（なかたけ ちさこ）

昭和15（1940）年　９月生まれる。
昭和38（1963）年　宮崎大学卒業後、公立小・中学校教諭となる。
平成７（1995）年　退職後、「宮崎はまゆうコーラス」に入団。
　　平成31（2019）年４月、退団。

著　書：自分史『だんだん服』（2006　鉱脈社）
　新聞投稿文集『心の窓』（2012　旭タイプ工芸社）
　エッセイ集『風のとおり道』（2014　鉱脈社）
　エッセイ集『ゆきつ もどりつ』（2015　鉱脈社）
　エッセイ集『気分はフォルティッシモ』（2016　鉱脈社）
　エッセイ集『夫へのラブレター』（2019　鉱脈社）

現住所　〒880-0952
　宮崎県宮崎市大塚台東1-26-1
　TEL. 0985-47-2758

中武千佐子エッセイ集
幸せサプライズ

二〇二一年六月二十二日　初版印刷
二〇二一年六月二十八日　初版発行

著　者　中武 千佐子 ©
発行者　川口 敦己
発行所　鉱 脈 社
〒八八〇-八五五一
宮崎市田代町二六三番地
電話　〇九八五-二五-一七五八
郵便振替　〇二〇七〇-七-二三六七

印刷 製本　有限会社 鉱 脈 社